LA ÚLTIMA SEMILLA

Una Novela
'Los que no están marcados'

Eric Alan Soldal

L a Última Semilla:
El que persevera hasta el fin será salvo.

Dovestar Publishing International
7149 Highway 11, Box #42 Sunset, SC 29685-9998
ISBN- 9798223268710

Publicado en los Estados Unidos de América. 2023. 1ª Edición. *Los nombres son ficticios o cambiados para proteger la privacidad. *Las citas bíblicas son tomadas de la Santa Biblia, versión King James y New King James. *Nota: El autor y el editor no se hacen responsables de la salud o acciones de terceros. La información no pretende reemplazar el consejo médico, ni directa ni indirectamente. Esta es una obra de ficción, desde una perspectiva histórica y bíblica.

Información de contacto:
ericsoldahl@gmail.com
Sitio web: www.faithonfire.net[1]
Ficción/Novela/Cristianp/Inspiracional

"EL QUE PERSEVERA HASTA EL FINAL SERÁ SALVO"

Capítulo 1

"Y en tu simiente serán bendecidas todas las naciones, porque has obedecido mi voz." Génesis 22:18

A Ben, le parecía como si el mundo entero hubiera enloquecido de miedo. Considerándose a sí mismo como un hombre de mente racional, esta era una conclusión lógica. En todas partes, la gente se había encerrado en sus viviendas con los ojos fijos en televisores o computadoras, esperando la próxima escena catastrófica de esta nueva plaga que se desenvolvía.

Para la mayoría, era casi un deporte presenciar desde la comodidad de sus hogares la acción, minuto a minuto de lo que se denominaba un mortal Coronavirus asiático que se propagaba por el mundo. Ben sospechaba de sus orígenes cuando se informó por primera vez que provenía de una "sopa de murciélago" vendida en un mercado al aire libre chino. Mientras conducía a casa después del trabajo esa noche, Ben no pudo evitar sentirse divertido al ver a un colega de la universidad, que llevaba una máscara, solo en un convertible.

El puesto de Ben como director del Laboratorio de Genética en las instalaciones del campus le dio acceso a mucha información sobre este asunto. La mayor parte parecía ser contraria a la narrativa. Su equipo había revisado minuciosamente documentos gubernamentales y estudios revisados por expertos en busca de precisión y verdad.

Al pasar en la entrada de coches, Ben no podía esperar para abrazar a su esposa, Sara. Como de costumbre, su apertura de la puerta verde delantera llegó con el momento perfecto. Siempre era bienvenida cuando los brazos estaban cargados con pilas de materiales de investigación. Sara se inclinó por el montón de papeles para recibir su beso.

"Justo a tiempo", sonrió Ben, "Estoy muy agradecido de que haya alguien en el mundo que no tenga miedo de resfriarse o algo así."

"Yo fui la única sin mascarilla en la reunión de oración de mujeres hoy", asintió con confianza. "Solo la mitad de ellas apareció. Todas hablando a la vez y no hubo mucha oración."

"Esta enfermedad diabólica provocará división," Ben asintió.

"¡Los del coro discutieron sobre si todos debían usar mascarillas mientras cantaban!", Sara siguió a Ben hasta su oficina trasera en su moderna casa de montaña. Él colocó ordenadamente las carpetas y los dispositivos electrónicos en un escritorio circular de teca. Luego, con anticipación, ella preguntó: "¿Has descubierto algo más sobre todo esto, Ben?"

"En primer lugar, es posible que la oración produzca más resultados que cualquier otra cosa. En todas partes que buscamos hay información engañosa y documentación desaparecida. Está enterrada o eliminada de los servidores. Si hemos descubierto algo... es que se está llevando a cabo una gran conspiración."

"¿Cómo así, Ben?

"La directiva de Salud de Emergencia otorga inmunidad y poder total a estas agencias cuasi gubernamentales y al poder Ejecutivo. Parecen estar controlados por funcionarios no elegidos y por aquellos que se beneficiarán. Están promoviendo una narrativa de miedo y enfermedad."

"Y toda la media está colaborando con eso", dijo Sara mientras sacudía la cabeza y apagaba la televisión. "Están lavando el cerebro a todos. Ya es tarde, ¿te gustaría que te sirva la cena en la cama?" "Suena tentador", dijo Ben mientras encendía música de piano tranquila. "Es la mejor noticia que he oído en todo el día."

A la mañana siguiente, al ser sábado, la pareja se relajó como de costumbre, en su día de reposo que a menudo se referían como el *Sabbath*. Desde que regresaron de Tierra Santa en Israel, se sintieron inspirados a tomarse este tiempo lejos del trabajo. Para sumergirse en tiempo con Dios y el uno con el otro. *En la Tierra Prometida*, era un tiempo desde el viernes al atardecer hasta el sábado por la noche cuando todas las actividades cesaban.

"Este es mi día favorito de la semana," dijo Sara.

"¡Y sin platos por lavar en ese día!," dijo Ben riéndose.

Escucharían música, orarían y leerían las Escrituras juntos, harían una caminata a una cascada, o en verano nadarían en las aguas turbulentas cercanas.

"Un poco de jardinería debe estar bien con Dios", mencionó Sara una vez, "*Él camina conmigo y Él habla conmigo*", cantó alegremente una línea de un antiguo himno. Sara le entregó a Ben una taza de té Earl Grey y recordó: "Mejor no olvidemos nuestra cena esta noche en el restaurante mexicano para los misioneros que regresan".

"Parece optimista con todos los confinamientos que están ocurriendo", concluyó Ben.

"Bueno, fué planeado tiempo atrás."

"Estoy seguro de que muchos misioneros están siendo llamados a casa, o expulsados de estos países temerosos ahora", dijo Ben mientras miraba hacia el cielo cubierto por una triste neblina blanca. Hacía fresco, así que estaba agradecido por la camisa de franela que su hermana le había enviado como regalo de cumpleaños tardío en enero. Sin prestar atención al silbido del viento, se recostó en una tumbona cubierta de rocío. "Acabo de recordar un sueño vívido de anoche".

"¿Cuál fué el sueño, Ben?" Sara preguntó con intriga.

"Había un hombre vestido completamente de blanco parado en la orilla lejana de un río ancho... él me hacía señas para que cruzara. Ese fué todo el sueño", dijo Ben.

"Quizá haya relación con la cena Misionera de hoy," ella mencionó.

La cena de misiones por la noche parecía estar llena de gente más temerosa, murmurando a través de las mascarillas. Incluso algunos se las mantuvieron puestas mientras comían la comida mexicana de tacos y fajitas. *Debe ser difícil comer con una mascarilla puesta*, pensó Ben. Durante la cena, se dieron informes sobre las dificultades con los puntos de control, los cacheos y las revisiones en los aeropuertos. La policía y la seguridad eran muy estrictas en Asia, India o América del Sur. Había problemas con la Seguridad Nacional de los Estados Unidos a la llegada, con largas esperas y poco personal asignado. El pánico por los confinamientos se estaba extendiendo por todo el mundo. Se requerían pruebas al ingresar.

"¿Dónde está su fe por encima del miedo?" preguntó un joven pastor exasperado al grupo tibio, que parecía más preocupado por los ingredientes para sus tacos picantes. "Oremos para que logren controlar esto", expresó el pastor principal.

"Para empezar, este 'asunto' no provino de una 'sopa de murciélago'", habló Sara abruptamente. "Como tal vez sepan, mi esposo es investigador médico", explicó.

Ben intervino diciendo: "La investigación nos lleva a cuestionar la narrativa convencional. Las pruebas a gran escala conducirán rápidamente a la inoculación masiva, sin duda, si no tenemos cuidado".

"Sí, pero confiemos en los médicos", fue el consenso. "Dios también hizo a los médicos, ¿sabes?", intervino una esposa de misionero.

En el trayecto de regreso a casa, Sara lamentó aún más: "No lo soporto, ¿por qué todos están tan ciegos y no cuestionan todo?"

At home, Ben opened his Bible to Thessalonians. "I found a verse that may explain what's going on."

Entregándole su antigua Biblia King James a Sara, ella leyó en voz alta: "Por eso Dios les envía un poder engañoso, para que crean la mentira, a fin de que sean condenados todos los que no creyeron a la verdad, sino que se complacieron en la maldad".

"Quizás la razón por la que la gente está tan engañada ahora es porque realmente no quieren la verdad", sugirió Ben.

"Disonancia cognitiva", le dijo Sara, dándole un toque. "Cuando las personas no pueden manejar la verdad, se quedan en su negación".

"¡Tu psicología maestra al rescate!"

"Cuando hagamos nuestro próximo viaje misionero, vayamos sin todas las regulaciones y simplemente compartamos sobre Jesús", sonrió ella.

"La pareja dijo que pasó la mayor parte de su tiempo en Beijing haciendo trámites para cumplir con las regulaciones de la iglesia 501(c)(3)".

El lunes por la mañana temprano, mientras conducía al trabajo, Ben recibió una llamada de su sobrino. Marshal, en sus treinta años, era un programador senior que trabajaba para uno de los hombres más ricos del mundo.

Dos años antes, habían asistido a la inolvidable boda de su sobrino en Bellevue, Washington. Un ambiente de carnaval repleto de juegos de arcade, juegos de tamaño natural y los últimos dispositivos tecnológicos.

En esa tarde, el dueño adinerado de la empresa de Marshal pasó rápidamente por ellos con un guardia de seguridad grande. Por curiosidad, siguieron al infame Billy Bates hasta su lujosa oficina en un edificio de vidrio esmeralda de gran altura.

La lámpara de cristal de estilo art decó se extendía por varios pisos.

"Que mal gusto," Sara comentó con un tono sarcástico.

En el decimotercer piso, otro guardia mayor los vio corriendo hacia allí e intervino. Después de un breve intercambio y de mencionar la boda, él les dijo en voz baja: "Miren, he visto cosas... no confíen nunca en ese hombre..."

Por teléfono, Marshal habló de manera rápida y cortante:

"Tío Ben, como pareces ser el único miembro cuerdo de nuestra familia, con todo este lío viral, te estoy llamando confidencialmente.

¿Con tu tipo de trabajo de investigación, me pregunto si puedes decirme por qué nos están haciendo trabajar horas extras en un programa de tecnología de criptomonedas para colocar codificación en materia biológica?" La mente de Ben reflexionó rápidamente.

"¿Estás diciendo que el código que estás escribiendo está diseñado para alterar las células de los humanos para rastrear finanzas?", preguntó Ben de vuelta.

"Peor que eso, creo. Nuestra división está haciendo la criptografía, pero su aplicación se da a través de inyecciones. Se presenta bajo el pretexto de detener infecciones, pero alterará a una persona con un sistema operativo de alguna manera, no tengo conocimiento de cómo funcionará todo eso.

Haciendo una pausa para recopilar más datos, Ben respondió cuidadosamente: "Escucha, Marshal, eres alguien que dice la verdad en nuestra familia. Sé que sientes que esto es enorme. El primer instinto que percibes es huir de ese lugar. Cuando tu papá estaba ensamblando algunas de las primeras microcomputadoras, Bates siempre andaba husmeando por ahí. Mencionaba que Jobs y Woz nunca confiaron en él. Todos pensaban que era un personaje turbio".

"Tu tía Sara descubrió recientemente que el propio padre de Billy Bates fue el principal consejero legal de Planned Parenthood. Su madre trabajó en IBM, una empresa que ayudó a los nazis a rastrear judíos durante la Segunda Guerra Mundial. Un depopulacionista de nacimiento."

"Otra cosa, tío Ben, están trabajando con MIT y una patente está pendiente para esta tecnología. Algunos aquí se preguntan por qué el número de patente es tan sospechoso".

"¿Cuál es el número?"

"El número de patente es: NWO2020-060606.

Después de que algunos de nuestro equipo hablaron, van a lanzar la 'N.'

"¿Por qué estás tan preocupado por la 'N'?" Ben preguntó.

"La 'N' era de *Nuevo*, que se refiere al Nuevo *Orden Mundial*, y el 2020 es obvio porque es el año en que se implementará. Pero fue el 060606 lo que noté de inmediato..."

"¿Por qué?"

"En programación, los ceros no significan nada, son solo para llenar los espacios binarios. Así que supongo que esto realmente significa '666', ¿No es eso bíblico?"

"Viene del libro de Revelaciones, conocido como 'El Apocalipsis' en muchos países. Si aún tienes una Biblia, sugiero que ambos leamos el libro de Revelación esta noche. El diablo se enfoca en los *detalles*."

Marshal soltó una risa nerviosa, "Mira esto; hay una sustancia en la mezcla de MIT que se iluminará cuando alguien sea escaneado. Lo llaman *'Luciferase'*, como una especie de plancton bio-luminiscente llamada *hidra*".

"Podrán monitorear quién lo toma, de esa manera, están planeando rastrear a las personas."

Durante su caminata nocturna habitual juntos, Ben estaba más callado de lo normal. Sara se enganchó en su brazo, contenta de pasear en el aire fresco de la montaña. El olor del pino de tres agujas impregnaba el camino.

Regresando a la conversación significativa con su sobrino, Ben recordó cómo había sido estoico Marshal cuando murió su padre. Jeremy era el mayor de los hermanos de Ben. Había llevado una de las primeras compañías de computadoras a cotizar en bolsa en un tiempo récord. Marshal se dedicó a dominar tanto el hardware como el software a la edad de quince años, captando la atención de muchos en la industria, incluyendo la de Billy Bates.

El hermano de Ben, Jeremy, montado en la cresta del auge tecnológico, se expandió rápidamente con tanta deuda que la compañía, Sunn Micro Systems, se convirtió en un objetivo. Apple y Steve Jobs también estaban en apuros y Bates aprovechó el momento. Apple pagó sus préstamos, pero Sunn Micro, como subsidiaria, fue absorbida por Bates. Jeremy cayó misteriosamente enfermo después, diagnosticado con envenenamiento por plomo. Su sobrino, Marshal, formaba parte de la adquisición de Sunn, sintiéndose obligado a pagar a su familia, que estaba muy invertida en la compañía. Después de la muerte de Jeremy, Marshal se convirtió en un hijo sustituto para Ben. En una lucha de poder, Bates tenía una posición fuerte y sabía cómo manipular el talento.

En la caminata, Ben rompió el silencio primero. "Leamos Apocalipsis juntos..."

"Claro, pero ¿qué te hizo pensar en eso?" se preguntó ella.

"Fue la llamada con Marshal: la tribulación podría estar en el horizonte. Le pedí que leyera Apocalipsis también", dijo.

"Bueno... Oremos para que lo lea".

Capítulo 2

"Ahora bien, esta es la parábola: la semilla es la Palabra de Dios."
Lucas 8:11

Esa noche, Ben revolvió las sábanas en un sueño intranquilo. Acostado en la oscuridad, consideraba cómo todo estaba sucediendo tan rápidamente. Sara respiraba pacíficamente en sueños, brindando algo de consuelo. Al comienzo de la noche, su jefe de departamento, el Dr. Pidgeon, llamó para decir que la universidad cerraría temporalmente debido a la temida nueva plaga.

Con el acceso al laboratorio denegado, *¿cómo descubriremos algo?* Ben consideró los motivos. A pesar de ser una institución privada, *¿por qué la universidad estaría comprometida de esta manera? ¿Quién dirigió realmente este cierre?*

Por la mañana, Ben expresó sus preocupaciones sobre el cierre del laboratorio en una llamada con su jefe.

"Mantengamos la calma aquí", respondió el Dr. Pidgeon.

"Los laboratorios están cerrando en todos lados."

"¿Cómo proporcionará la comunidad de investigación médica alguna supervisión o asistencia independiente?" hizo un llamado Ben. "Tendremos que confiar en su ciencia", respondió Pidgeon demasiado fácilmente.

Ese es precisamente el punto, Ben guardó sabiamente sus pensamientos. *No podemos confiar en ellos*. A menudo, los exponemos...

Durante un desayuno tardío, recordó la advertencia a su sobrino: "Lee el Apocalipsis". Más tarde, Sara lo encontró con los ojos cerrados en el sofá con la Biblia abierta en el Capítulo 14.

"¿Tomando un descanso bíblico?" Ella le susurró.

Saltando de pie, Ben preguntó: "¿Has leído esta parte del Apocalipsis sobre la Marca de la Bestia antes?"

Sara se sentó a su lado apoyando un colorido cojín que había bordado y comenzó a leer en voz alta: "*Y vi a un Cordero que estaba de pie sobre el monte Sión, y con él ciento cuarenta y cuatro mil que tenían el nombre de su Padre escrito en la frente*". Sara hizo una pausa, "El Cordero es Jesús y estos son los fieles cuando Él regrese, ¿verdad?"

"Sí, eso creo." Ben mencionó.

Sara continuó leyendo hasta la mitad del capítulo, luego le entregó la Biblia y dijo: "Tu turno", y le sonrió.

"Y el tercer ángel los siguió, diciendo a gran voz: *Si alguno adora a la bestia y a su imagen, y recibe la marca en su frente o en su mano*". Ben señaló la página desgastada, "*y será atormentado con fuego y azufre...*"

Sara agarró la mano de Ben para detener la lectura, "¿Así que son atormentados con fuego y azufre como en Sodoma y Gomorra?"

"Debe ser así", respondió Ben. "Continúa repitiendo que aquellos que toman la Marca de la Bestia, 'tendrán el humo de su tormento que sube por los siglos de los siglos y no tendrán descanso, día ni noche'".

"Que fuerte advertencia," Sara mencionó. "Yo no quiero eso."

"Yo tampoco. Pero sabemos que, los que no tomen la marca serán perseguidos."

Miró a su esposa con anhelo. "Confiemos en el Señor"

"Me alegra que estés en casa por un tiempo, Ben", dijo con alegría.

Después de una larga caminata juntos, Ben encendió las noticias de la noche. Era raro ver la televisión. Era un desafío encontrar algún contenido decente, como en su juventud. Ahora, cada estación parecía un títere de la *pandemia*. Cambiando los canales, parecía que su contenido estaba en un sincronismo forzado, mostrando las mismas imágenes de hombres en China usando trajes de protección blancos. Los químicos que rociaban cubrían el cielo, sobre calles de la ciudad desiertas, en tiendas o edificios de apartamentos, y los hombres en trajes protectores a menudo entraban para hacer cumplir los cierres. Cada estación repetía una y otra vez un video de un joven asiático en un centro comercial que caía muerto en el acto.

Después de la cena, uno de los colegas de Ben del laboratorio llamó: "¿Has estado siguiendo esta locura?", Charlie estaba exasperado, "He estado rastreando esto en todo el mundo sin dormir mucho ahora, hay un patrón. Ayer, todos los medios de comunicación informaron el mismo número de casos en cada ciudad. Hoy es lo mismo, excepto que han aumentado el número".

"Eso es estadísticamente imposible," Ben respondió rápidamente.

"Solo un engaño", mencionó Charlie, "Ayer informaron '33 nuevos casos' y hoy son ciento sesenta y seis. Cada región presenta los mismos resultados; apuesto a que mañana los números se cuadruplicarán de nuevo".

"Una apuesta para tontos", trató de aligerar la llamada Ben, "¡Incluso los presentadores de noticias usan máscaras!"

"Quizá no quieren que veamos sus bocas llenas de mentiras."

Ben cambió de tema, "Escucha, antes de cerrar nuestro apartamento, me percaté de algo". Aunque era arriesgado, hice arreglos para encontrarme con Charlie en el laboratorio la noche siguiente.

Sara recordó mientras hacía un arreglo floral. Era una buena distracción del orden del día. Como maestra de preescolar, sus pasatiempos resultaron útiles. El cierre de su salón de clases parecía prematuro, pero no permitiría que se pusiera molesta. Hija de un médico, recordó tiempos más simples. Su padre, un endocrinólogo, se preocupaba por cada uno de sus pacientes, a menudo sacándolos de los medicamentos recetados.

Con un modo humilde, alguna vez advirtió con firmeza a uno de sus pacientes más ricos: "Morirá dentro de un año si no deja de beber".

La esposa del hombre regresó un año después para agradecerle con galletas recién horneadas, diciendo que había salvado su matrimonio; su esposo había dejado de beber.

Ella recordó cómo conoció a Ben en el ascensor del hospital, cuando ella era voluntaria pediátrica un verano.

"¿Vas en mi dirección?" preguntó con confianza.

Ella se sintió atraída por Ben desde el principio. Esperaba verlo en el hospital todos los días. Como un reloj, venía al mediodía a visitar a su padre, que se estaba recuperando de una cirugía de colon.

Ben notó por primera vez a Sara en la sala de espera consolando a otros. Su piel brillaba intensamente y le gustaba su larga cabellera. "Es una cascada de muchos colores", a menudo trataba de sonar poético. Ben era dos años mayor, mientras que ella aún no había cumplido veinte.

Leía revistas médicas mientras esperaba pacientemente a que su padre despertara. Desde el principio, ella reflexionó sobre su inteligencia y curiosidad. Él había visto una vez cómo ella arrullaba a los bebés para dormir en la sala de maternidad.

Sara fue la *primera en romper el hielo* con la conversación, mientras estaba en la sala de espera quirúrgica: "¿Estás aquí por un ser querido?" Había intentado sonar sofisticada.

"Mi papá está en cirugía de colon", respondió. Debe ser la peor línea de apertura de la historia, se preocupó en ese momento.

"Bueno, espero que no te importe que pregunte. Mi papá está haciendo rondas aquí. Perdí a mi propia madre por leucemia hace unos años." *Aquí está su padre en cirugía y yo le digo que mi madre murió,* esperaba que no pareciera insensible.

No los detuvo, y Ben preguntó: "Tal vez podamos encontrarnos en la cafetería en tu descanso". Durante las siguientes semanas, se encontraron cada mediodía para almorzar, y para el siguiente año ya estaban casados. El padre de Ben actuó como el ministro en su boda, con cáncer en etapa cuatro en ese momento, manteniéndose estoico durante todo el tiempo. Falleció poco después.

Sara terminó su ensimismamiento cuando terminó el arreglo floral. Encontró a Ben afuera lavando el coche. Corriendo para abrazarlo, dijo con ternura: "¡Aquí está mi alma gemela!

La siguiente mañana, Ben bajó las escaleras y vio a su esposa regando desde la terraza alta a través del alto 'A frame'. Admiró su inteligente técnica de riego mientras el rocío aéreo cubría mucho terreno debajo.

Sara gritó desde arriba, "Me pregunto qué sabe mi papá de todo esto".

Ben encontró rápidamente el celular de ella y sostuvo el teléfono para Sara, "Hola papá, ¿qué opinas de toda esta histeria médica?"

El doctor Gill respondió prontamente con un tono serio, "Espero que Ben también esté escuchando".

"Si, está aquí papá."

"¡Hola Ben! Me alegra que estés en la llamada. La comunidad médica necesita proceder con cautela en esto. A menudo, la FDA, los CDC y otras agencias gubernamentales, reaccionan exageradamente en estos casos. Todos estarán compitiendo por la investigación y el dinero de las subvenciones ahora. Habrá un impulso por parte de las compañías farmacéuticas, pero siempre nos hacen desconfiar, ¿verdad Ben?" preguntó retóricamente.

"Billy Bates prácticamente es dueño de la Organización Mundial de la Salud ahora", intervino Sara. "Él quiere vacunar a todo el mundo con una terapia experimental de alteración genética de ARNm, dice Ben".

"Bueno, no saquemos conclusiones precipitadas en este momento", crujía el teléfono mientras hablaba su padre. "Pero diré que cualquier médico con un poco de cerebro sabe que un virus muta demasiado rápido para que una vacuna sea efectiva". De repente, la llamada se cortó. Ben se había mantenido cuidadosamente alejado de discutir demasiado con su suegro; era muy inteligente, pero favorecía la medicina alopática, nacida del sistema educativo dominado por Rockefeller.

"Estoy segura de que papá no nos colgó", replicó Sara. "Leí que la Fundación Bates donó más dinero a la OMS que nuestro gobierno federal el año pasado."

En el fondo, Ben tenía un gran respeto por este hombre y su generación. El padre de Sara había dirigido el centro de diagnóstico endocrino más grande del oeste durante muchos años.

Alto y delgado a los 82 años, todavía cantaba en el coro de la iglesia hasta los recientes confinamientos. Había sido un esposo devoto, apoyó causas benéficas y caminaba dieciocho hoyos de golf dos veces por semana.

"Sigo jugando mejor de lo que merezco y mejor que mi edad," dijo el papá de Sara.

Desde el punto de vista médico, Ben generalmente estaba de acuerdo con su suegro, aunque investigaba más remedios naturales y creía en una creación literal según la narrativa del Génesis en la Biblia. Papá era aparentemente un evolucionista.

En una discusión acalorada en el campo de golf, el padre de Sara había levantado un palo desafiante en su dirección después de que Ben hubiera declarado: "Creo que se necesita más fe para creer que venimos de una explosión accidental. ¿Un organismo de una sola célula que salió del lodo primordial y se convirtió en un mono, un simio y luego en un hombre?". Ayudó que su suegro embocó hábilmente un putt de cincuenta pies en el siguiente hoyo.

"Lo que realmente me impactó de la llamada con tu papá es su comentario, 'Una vacuna muta demasiado rápido, como para que una vacuna sea efectiva en cualquier momento'", confió Ben.

"Y lo dijo con mucha convicción," Sara dijo.

Esa noche le tocó a Sara evaluar la gravedad de la situación. Mientras intentaba dormir, pensó en lo bendecidos que habían sido desde que dejaron el alcohol una década antes. Cada vez es más fácil, se dio cuenta. Parecía que su amor el uno por el otro se había profundizado desde entonces. Era raro cuando no estaban de acuerdo en algo. Pensó en su situación de no tener hijos. Se habían pasado innumerables horas en oración y súplica al Señor, pero ahora, con el hito de la mediana edad acechando su edad, la perspectiva de tener hijos le causaba desesperación de vez en cuando.

Aunque con buenas intenciones, amigos y hermanos a menudo empeoraban las cosas con comentarios como: "Oh Sara, eres maestra de preescolar, tienes más niños que cualquiera de nosotros". Ben también intentaba consolarla, Sin embargo, ella sabía que él siempre había deseado tener una familia.

Y ahora estaba surgiendo esta división en el país. Aquellos que promovían las máscaras y aquellos que se oponían. *¿Todo esto conducía a una división sobre las próximas inyecciones?* Finalmente, Sara encontró el sueño con una simple y silenciosa oración: *"Señor, perdona mi desconfianza, bendícenos en verdad y protégenos del maligno..."*.

En la iglesia la mañana siguiente, se sorprendieron al ver que el servicio se llevaba a cabo en el estacionamiento. Todos permanecían en sus coches mientras el pastor hablaba desde los escalones de la iglesia, hablando por medio de las radios de los coches. "Sintonicen el 95.7 en su dial de AM", decía un gran letrero. Sara dio un codazo a Ben, quien se dio cuenta de que la familia en el coche junto a ellos llevaba todas mascarillas.

"Esto es un poco macabro", confesó Ben. Las canciones y el mensaje eran incomprensibles por el aire. Mientras salían del estacionamiento, había un hombre con una doble mascarilla y un escudo de plástico. Él sostenía una canasta de ofrenda unida a un largo palo. Ben reconoció a su amigo y gritó "¡Andy!"

El amigo ujier se volvió hacia otro lado aparentemente avergonzado.

El lunes por la mañana encontró a Ben saliendo a hacer la compra, antes de que las estanterías de las tiendas se vaciaran, como se informaba que iba a suceder. Ben se rió para sí mismo, recordando escenas de noticias que mostraban a personas luchando en los mercados por el último rollo de papel higiénico.

Al detenerse en su cafetería favorita, se alegró al descubrir que todavía estaban abiertos para los negocios. Un letrero en la ventana decía: "Se requieren máscaras para entrar". Ben, que no llevaba mascarilla, pasó por delante del joven parado en la puerta, sosteniendo el gel desinfectante para cada cliente. *El gel desinfectante de manos estaba en cada lugar público, y se requería para entrar. Ben supuso que los dueños de todas las empresas químicas debían estar promoviendo los desinfectantes ante los gobiernos como un protocolo.*

Las empresas químicas que fabricaban Roundup y otros venenos ahora estaban controladas por las farmacéuticas. Con una investigación mínima, Ben había descubierto que los geles eran un disruptor endocrino; lo que potencialmente podría llevar a trastornos autoinmunitarios y de fertilidad.

Los trabajadores más jóvenes llevaban todas mascarillas, pero Ben vio a un hombre mayor sentado en la esquina que le mostró una sonrisa en su dirección. Acercándose, Ben notó que llevaba gafas sin montura y estaba leyendo una antigua Biblia.

Apartando su barba tupida, el hombre levantó el gigantesco libro con manos casi igual de grandes y dijo: "Un verdadero tesoro. Lo encontré esta mañana en una tienda de segunda mano cerca de Asheville. Es una versión original del King James de mediados del siglo XIX." El hombre se detuvo y pareció evaluar a Ben, quien estaba parado frente a él. "He notado que llevas un anillo de bodas, ¿tienes hijos?"

"No tenemos hijos todavía, pero tengo una esposa increíble desde hace veinticuatro años".

"Es bueno escuchar eso en estos días. Veo que tienes un poco de sal y pimienta en el techo", dijo señalando el cabello de Ben que comienza a grisear. "Sería mejor empezar con los hijos, siempre hay adopción, ¿sabes?"

"Soy Ben," respondió, extendiendo su mano.

"Llámame Pastor A.J. Donde yo vengo, damos apretones de manos y abrazos. No se permiten puños", se rió jovialmente.

"¿Por qué no agarras un café y te sientas conmigo?"

Surgió una larga y reflexiva conversación. Compartieron testimonios de vida y resolvieron todos los problemas del mundo. En menos de una hora, se había formado un lazo fraternal. Ambos coincidieron en que la humanidad simplemente necesitaba un Salvador llamado Jesús.

De camino a casa, Ben llamó a su esposa: "Hola cariño, siento llegar tarde. Me negaron la entrada al supermercado porque no llevaba mascarilla. Además, conocí a un hombre bastante interesante en la cafetería".

"¿Qué hiciste?"

"Conocí a un gran pastor y nos tomamos un café."

"Me refiero a... ¿Qué hiciste acerca de la mascarilla?"

"Oh, usé la lógica y le pregunté al gerente, '¿Y cómo alguien compra? ¿dejará que se vayan las ventas?'"

"¿Le hiciste saber que las mascarillas son insalubres, albergan bacterias y no funcionan?", sugirió Sara.

"Bueno, mencioné que era peligroso respirar tu propio dióxido de carbono. Terminé yendo al mercado de agricultores. Es tan agradable ver que esa gente no compra la retórica", dijo Ben.

Las primeras señales de que la primavera llegaba aparecieron en la carretera.

"¡Flores silvestres!", llamó Ben por el altavoz del teléfono del coche. "La mejor noticia es que el pastor que conocí esta mañana en Heavenly Grounds nos invitó a su iglesia. Es un ex Beret Verde. Tal vez sea el último en pie que defiende la verdad bíblica", dijo emocionado.

Tarde esa noche, Ben se encontró con su compañero de trabajo en la universidad en la entrada trasera de su laboratorio. Charlie asomó la cabeza por la puerta hablando casi imperceptiblemente.

"No es bueno, Ben. Hemos tenido un robo...", dijo Charlie.

Al encender las luces de la oficina exterior, Ben se preguntó por qué no había guardias de seguridad. Curiosamente, el sistema de alarma de la oficina había sido desactivado. En el interior, había papeles esparcidos en desorden y los archivadores estaban abiertos. Todo el equipo de laboratorio parecía estar intacto por alguna razón.

Charlie le entregó a Ben un sobre diciendo: "Encontré esto pegado a la computadora principal". El nombre de Ben estaba escrito en la parte delantera.

Rápidamente, Ben dobló y colocó el sobre blanco en el bolsillo delantero del pantalón. Charlie hizo una señal para que salieran por donde habían entrado, por la escalera trasera. Ben sugirió que se fueran rápidamente, antes de que llegara algún guardia de seguridad.

"Me pregunto qué sabe el Dr. Pidgeon de todo esto", insinuó Charlie, desconfiando de su jefe de departamento. "Está celoso de tu proyecto de investigación, Ben". Acordaron que Charlie presentaría el informe del robo de forma anónima.

De manera impulsiva, abriendo el sobre en su entrada, Ben encontró un número de teléfono. Debajo del número había un mensaje escrito a mano en una nota adhesiva verde brillante. Decía: *Por favor, llama inmediatamente, millones de vidas pueden estar en tus manos. Dr. Cole.*

Había una frase incluida en la parte baja de la carta:

"Los espíritus de la oscuridad inspirarán a sus anfitriones humanos, en quienes habitan, a encontrar una vacuna que expulse todas las inclinaciones hacia (Dios) y la espiritualidad de las almas de las personas". *- Rudolf Steiner, en una conferencia de 1917.*

Capítulo 3

"Aquel que recibió la semilla en tierra buena es el que oye la palabra y la comprende," Mateo 13:23

En casa, Ben discutió los eventos de la noche con Sara, tomando una taza de té. Le contó sobre el robo en el laboratorio y el sobre que Charlie descubrió con su nombre en él. La insistencia de llamar al Dr. Cole, para salvar *"millones de vidas..."*

"El código de área en la nota no está listado en ningún lugar."

"Bueno, ya es tarde. O alguien está tratando de trasladarte su problema o realmente necesitan tu experiencia."

"Oremos primero al respecto", comenzó a bostezar. "Llamaré a este Dr. Cole por la mañana, si así se me guía."

En la mañana, Ben consideró los eventos de la noche anterior. Convencido de no haber informado sobre el robo, envió a Charlie un mensaje de texto de seguimiento: *¿Ya contactaste al Dr. Pidgeon o a seguridad de la universidad? ¿Y si nos vieron en otra cámara?*

Con vacilación, Ben marcó el número dado en la nota verde brillante. Un hombre con una voz profunda respondió, "Dr. Cole". Su acento sonaba como *"cau-ol"*...

"Me dejaste una nota en el laboratorio?"

"Gracias a Dios que llamó, ¿es usted Ben Strickland?"

"Si..."

"He estado siguiendo tu investigación desde el avance en Epigenética en Duke. Tu ayuda es necesaria para esta crisis."

"Un compañero de trabajo me dio tu información de contacto la semana pasada. Mi experiencia también está en investigación médica."

"Lo que siguió fue una súplica detallada para que Ben lo encontrara en Raleigh, Carolina del Norte. Admitió estar siendo fuertemente vigilado con un puesto de alto nivel en virología. Habían ocurrido algunas filtraciones de sus recientes descubrimientos biotecnológicos y virales. Después de solicitar una investigación gubernamental, el Dr. Cole fue retirado del proyecto. Estaba buscando a Ben para obtener ayuda en la continuación de la investigación."

"También estamos cerrados en nuestra universidad", interrumpió Ben.

"No estaba terminado, Ben. Creo que lo que han tomado ya está siendo utilizado de una manera devastadora. Eso es todo lo que diré por teléfono. Por favor, te imploro que vengas inmediatamente, mis movimientos están bastante restringidos".

"Tendré que discutirlo con mi esposa. No tenemos secretos entre nosotros."

"Está bien, pero por favor no se lo digas a nadie más." Cuando Ben no respondió de inmediato, el Dr. Cole pronunció una breve frase que resultaba ajena para la mayoría de los científicos: "Ora al respecto, Ben."

Después de relatar los detalles de la conversación a Sara, ella supuso: "Debe ser un hombre cristiano. Parece que está tratando de hacer lo correcto aquí".

"Tendremos una reunión con el Pastor A.J. esta tarde. Quiere conocernos como pareja. No han cerrado ni un día durante todo esto. No usan mascarillas en la iglesia ni en su preescolar. Escuchó que eres maestro y que extrañas a los niños."

"Tal vez fuiste tú quien se lo dijo", ...ella lo empujó suavemente.

"Nos dará la oportunidad de orar con él sobre reunirnos con el Dr. Cole, sin embargo", en español se veía como: "Nos dará la oportunidad de orar con él acerca de encontrarnos con el Dr. Cole".

"Pero no debemos decir con quién nos encontramos, ¿verdad?"

Después del poderoso mensaje que habían escuchado del Pastor A.J. la semana anterior, estaban emocionados de hablar más con este hombre profético en 'La pequeña iglesia blanca junto al río', como se le llamaba.

Después de una larga oración y algo de discusión sobre el matrimonio, Ben finalmente preguntó: "¿Cómo se abren los ojos a la verdad, de la manera en que Dios te la ha revelado a ti?"

"¿Qué es la verdad?" comenzó A.J. "Poncio Pilato, el magistrado romano, burló estas palabras a Jesús. Luego lo condenó a muerte. Muchas personas nunca conocerán la verdad, incluso cuando la tienen justo delante de sus ojos. Hoy en día, parece que todo el mundo se burla de la Biblia y de aquellos que siguen a Jesús".

"La verdad no es subjetiva. Es inerrante, como la Palabra de Dios. Así que, volviendo a tu pregunta, '¿cómo se abren los ojos a esta verdad?' Por supuesto, primero es conocer las Escrituras", en español se vería como: "La verdad no es subjetiva. Es inerrante, como la Palabra de Dios. Entonces, volviendo a tu pregunta, '*¿Cómo se abren los ojos a esta verdad?*' Por supuesto, es primero conocer las Escrituras".

El pastor se inclinó lentamente hacia atrás en su silla. Una neblina envolvió sus ojos. "Hace algunos años, pasamos por un período bastante difícil. Tristemente, nuestra hija mayor murió en un accidente automovilístico durante una tormenta. Tomó un peaje en nuestro matrimonio e incluso en mi fe por un tiempo. Entonces un día, recé una oración sencilla", en español se vería como: "El Pastor se recostó lentamente en su silla. Una niebla envolvió sus ojos. 'Hace algunos años, pasamos por un período bastante difícil. Tristemente, nuestra hija mayor murió en un accidente automovilístico durante una tormenta. Tomó un peaje en nuestro matrimonio e incluso en mi fe por un tiempo.

Entonces un día, recé una oración sencilla'".

"¿Cuál fue?" preguntó Sara impacientemente.

El Pastor A.J. preparó su respuesta cuidadosamente inclinándose hacia adelante en la gastada silla de cuero y dijo: "Podría cambiar tu vida para siempre..."

Entiendo, no hay problema. ¿Podría proporcionarme la oración completa para que pueda traducirla al español?

"La petición que hice a nuestro Señor Dios, nuestro Padre Celestial, el Creador de todo, en el nombre de Jesucristo, fueron estas cinco palabras: 'SEÑOR DIOS, MUÉSTRAME TODO'".

Con el volumen en la voz atronadora de A.J., tanto Sara como Ben se inclinaron hacia atrás en sus sillas. "Esta oración cambió mi vida", dijo.

El pastor A.J. continuó, "Hay un viejo dicho: '*Ten cuidado con lo que pides*', y se aplica aquí. Existe la obediencia y la responsabilidad que vienen con esta verdad. A veces las personas no tienen '*ojos para ver, oídos para oír*', pero somos llamados a '*contárselo de todos modos*'. Dios lo dice."

"Estamos tratando de buscar al Señor diariamente juntos", iluminó Ben, "con todo nuestro corazón, alma y mente y 'no ser sabios en nuestros propios ojos', como dice en Proverbios."

"A.J. aconsejó: 'Se necesita humildad'. El Señor revelará más si nos alejamos de las cosas mundanas y mantenemos nuestros ojos en las cosas celestiales", A.J. miró hacia arriba.

"Siento mucho lo de su hija", consoló Sara; "fuimos amigos de otro pastor que perdió a su esposa..."

Ben retomó la conversación: "Era un predicador en llamas para el Señor, cuya esposa murió repentinamente. Comenzó a tomar analgésicos para aliviar la carga y se retiró por completo".

"Cuando alguien en el Ministerio se aísla después de una tragedia, es una señal de que el enemigo los está atacando. Parte de conocer la verdad más profunda es tener los ojos abiertos a las obras del mundo espiritual. Nuestra lucha no es contra la carne y la sangre, sino contra la maldad espiritual y el maligno". Con un tono ominoso, un gran pájaro oscuro comenzó a graznar afuera.

"Cuando lleguen a casa esta noche, tal vez lean juntos el libro de Efesios. La mayoría de los ministros evitan esta área importante de nuestro llamado. Ben mencionó que están estudiando juntos el Apocalipsis. El libro de Daniel es un compañero de lo que está sucediendo. No solo estamos viviendo en tiempos interesantes, sino que está quedando claro para mí que estamos viviendo en los últimos tiempos".

El pastor A.J. cerró la Biblia diciendo: "Cerremos con una oración".

"¡Casi lo olvidamos!" Sara miró de reojo a Ben. "Por favor, ora por nuestro viaje de mañana. Nos dirigimos a Raleigh". Ben explicó rápidamente la naturaleza de la extraña reunión programada con el Dr. Cole. "Realmente no estoy seguro de esto".

Con un tono nuevo, el pastor A.J. habló en un susurro suave: "Padre celestial, creador de todas las cosas, bendice a Ben y Sara en su matrimonio, dales discernimiento divino, cúbrelos con tu armadura protectora de Dios y acampa tus ángeles alrededor de ellos mientras van en su camino..." Amén.

"¡Y muéstranos todo!" terminó Ben.

Descendiendo por la carretera del Parque Nacional Blue Ridge se podía disfrutar de unas vistas impresionantes en cualquier momento del día o del año. Ahora, al amanecer, las cimas de las montañas deslumbrantes se iluminaban con un brillante color naranja mientras el nuevo crecimiento bordeaba la carretera. Ben sorbía café oscuro orgánico de una taza cubierta de cerámica.

Sara había reclinado su asiento del automóvil para descansar. Soñolienta, con los ojos cerrados, susurró: "¿Cómo puede alguien decir que toda esta belleza sucedió por accidente?"

Ben pensó que era mejor no cuestionar a su esposa tan temprano, *Sara a menudo podía ver las cosas con los ojos cerrados, él sonrió.*

"Quizás necesiten ver la serie de Del Tackett, ¿Es Génesis Historia?" ofreció Ben de manera práctica. "Muchos darwinistas se están convirtiendo al modelo de creación ahora".

Sara amaba profundamente a su esposo, aprendiendo a vivir con los comentarios pragmáticos que a menudo podaban los momentos románticos.

El esplendor natural fue rápidamente reemplazado por el concreto y el acero. La nueva construcción proliferó después de girar hacia la autopista 29. Grandes letreros de neón se colocaron sobre la carretera cada milla, más o menos. Llevaban un mensaje perturbador:

"VETE A CASA - QUÉDATE EN CASA"

Sara notó largas caravanas de camiones de la Guardia Nacional dirigiéndose en ambas direcciones, "Hay muchos coches de la Patrulla de Carreteras con las luces intermitentes encendidas también", dijo.

"Somos uno de los pocos carros en la carretera", reforzó Ben. Consideraba que su SUV blanco era menos conspicuo.

Correct translation: "Otra preocupación se intensificó en la voz de Sara: '¿Por qué están construyendo estas GRANDES Torres de Celular en todas partes?'"

"He notado una cada milla, más o menos", siguió Ben. "Es un momento interesante para estar instalándolas con la plaga para distraer a todo el mundo."

"Y a todos se les dice que se queden en casa", levantó los ojos Sara.

Rápidamente, una larga fila de ambulancias blancas pasó junto a ellos a gran velocidad, seguida por varios coches fúnebres negros con los nombres de diferentes funerarias en los costados.

"¡Esto es como la Zona del Crepúsculo!" exclamó Sara.

"Quizás están realizando simulaciones para esta supuesta pandemia", respondió irónicamente. "Mi padre, el veterano, a menudo decía: 'El gobierno no siempre está de tu lado'".

"Es sorprendente que nadie nos haya detenido", reflexionó Sara.

"Si hubiera realmente una Emergencia Nacional, esto tendría implicaciones legales. Hasta ahora, no se han aprobado leyes. Una directiva de salud ilegal por parte de los CDC. Impulsan mandatos, pero los mandatos no son ley", pensó en voz alta. En silencio, rezó para no estar indignado.

Cuando llegaron a Raleigh, Sara comentó: "Conté ciento doce nuevas torres gigantes de celular, hasta ahora..."

El Dr. Cole les había indicado que se reunieran con él en un lugar cerca de su instalación de investigación gubernamental de alto nivel. Había elegido un restaurante de cadena popular por su anonimato. *Los que están en las carreteras deben estar abiertos para todos los involucrados en la nueva construcción*, pensó Ben.

Al entrar en el vestíbulo, el personal y los clientes llevaban todos mascarillas faciales. Un guardia de seguridad escaneaba la frente de las personas para tomarles la temperatura. Al ver a un hombre de pelo gris agitando la mano, Ben tomó la mano de Sara y pasó rápidamente junto al guardia sin hacerse ninguna prueba.

El hombre mayor estaba sentado solo en una gran cabina redonda. "Gracias por venir todo este camino", dijo con tranquilidad. "Soy el Dr. Cole, no tenemos mucho tiempo".

Prescindiendo de las formalidades, el hombre mayor metió la mano en el bolsillo delantero de su desaliñado saco y deslizó un sobre manila grande a lo largo del asiento hacia Ben, diciendo "Está todo ahí dentro."

Colocando el paquete en su regazo, Ben sintió que abultaba en el medio, "No hay muestras, ¿verdad?"

"Un informe, con algunos dispositivos electrónicos: una unidad de respaldo". Nerviosamente, el Dr. Cole miró alrededor de la habitación, estirando el cuello. "Por favor, espere a leer esto hasta que esté seguro en casa y estudie los materiales con cuidado, luego ore acerca de lo que debe hacer con ellos". Levantándose repentinamente de la mesa, sonrió por primera vez, "Que Dios vaya con usted".

"Espera", dijo Sara. En un susurro, le contó rápidamente al Dr. Cole todo lo que habían presenciado en el viaje a Raleigh.

"Además de todos los convoyes, contamos más de 100 torres celulares grandes que están siendo construidas", confirmó Ben.

"Es 5G", dijo el Dr. Cole, dándose la vuelta para marcharse, "es todo parte de la Bestia que están desatando en el mundo."

Mientras comenzaban el viaje de regreso a casa, cada uno procesaba en silencio el tono agitado de la reunión clandestina con el Dr. Cole. Ambos sintieron que el paquete, ahora en su posesión, podría tener consecuencias a gran escala.

Ben habló primero, "Esta obra de infraestructura debe haber sido planificada hace tiempo". Materiales de construcción estaban amontonados a lo largo de ambos lados de la carretera.

"Sorprendente, no vi esa señal antes", Sara señaló hacia arriba mientras pasaban por una nueva instalación militar. La carretera parecía casi desierta ahora. Se proyectaban largas sombras.

"Los simulacros deben haber terminado por hoy", respondió él.

Aunque los letreros que decían "VETE A CASA - QUÉDATE EN CASA" aún parpadeaban continuamente, volviéndose aún más ominosos al caer la noche.

Agotados, después de conducir más, Ben sugirió que se quedaran a pasar la noche y se detuvo en un hotel de gran altura justo al lado de la carretera. Al deshacer el equipaje del coche, Sara observó varios camiones de la Guardia Nacional estacionados en la parte trasera.

"¡Hay bastantes SUV sin marcas!", bromeó Ben.

"Son SUV gubernamentales blancas que se parecen mucho a las nuestras, no es de extrañar que nos dejen en paz", dijo Sara.

En la zona de invitados del vestíbulo, había hombres jóvenes con uniformes de camuflaje y equipos de trabajo más mayores mezclándose por todas partes.

Al entrar en la habitación del hotel, Sara se quejó: "Huele como si estuvieran rociando productos químicos tóxicos por todas partes y ninguna de estas ventanas se abre".

"Estoy tan cansado que podría dormir en el coche", respondió Ben, "pero no con estos tóxicos...". Revisando su teléfono celular, se animó, "Oye, ¡parece que hay un bonito Bed and Breakfast en el pueblo cercano con una habitación disponible!"

Pronto, se instalaron en una acogedora suite de un Bed and Breakfast, con una antigua chimenea de piedra en el interior.

"Esto es más como en casa", dijo Ben mientras se estiraba en la antigua cama con dosel tamaño king.

Sara apretó los dedos de los pies de Ben con calcetines blancos, "También es romántico, ¡y las ventanas dan a un jardín con aire fresco!"

Por la mañana, había una nota clavada en su puerta: "Sirvanse el desayuno en el comedor."

En la larga mesa de comedor antigua había varias bolsas marrones. Cada una tenía un croissant con queso y una pieza de fruta, "debido a la pandemia", decía otra nota.

"Bueno, esa es una forma de no tener que preparar un delicioso desayuno de B&B", dijo Sara con decepción.

"Igual costó la habitación", asintió Ben, "vamos a ir."

En una gasolinera, Ben se acercó a un joven vestido con ropa de camuflaje y dijo: "Gracias por tu servicio", mientras le entregaba una pequeña Biblia blanca del tamaño de una caja de cerillas. El pastor A.J. los había animado a "coger unas cuantas" de una mesa en la iglesia para compartir.

"Tenemos un verso de cada libro de la Biblia," explicó Ben. "Mi esposa y yo a veces vamos a viajes misioneros."

El soldado notó la tarjeta de identificación médica colgando del cuello de Ben. "¿Eres médico?"

Evadiendo la pregunta, Ben respondió: "Es bueno ver que no llevas una mascarilla. Hace más de una década, se presentó un informe del

Dr. Fausti y del Instituto Nacional de Salud que decía que causaban infecciones respiratorias. Descubrieron que las mascarillas usadas en la pandemia de la gripe española probablemente causaron neumonía y millones de muertes".

"Estoy rompiendo el protocolo", dijo el soldado, "lo siento por decirte que soy un poco rebelde... Me lo quité para fumar."

"Escucha, nuestro país fue fundado por rebeldes. Te animo a que te quites la mascarilla siempre que sea posible. A veces es mejor seguir a Dios y a tu conciencia."

"Esto es interesante", dijeron los guardias, "Mi mamá está rezando para que deje de fumar". Saltando hacia la camioneta de camuflaje multicolor, concluyó: "¡Gracias por la Pequeña Biblia!"

"Podría ser útil durante una crisis", dijo Ben mientras agitaba la mano.

Conduciendo fuera de la gasolinera recordó la conversación con el soldado para Sara, quien respondió: "Buen trabajo, cariño. Hablé con una mujer en el baño. Parece que ninguno de ellos sabe nada".

Después de llegar a casa, Ben no podía esperar para abrir el paquete del Dr. Cole. El título del informe en la parte superior era ominoso:

ACTIVIDAD DEL EJÉRCITO DE LOS ESTADOS UNIDOS
PROGRAMAS DE GUERRA BIOLÓGICA
VOLUMEN 1 CLASIFICADO

"El informe en la parte superior de la pila es para antecedentes", había escrito el Dr. Cole en una nota adhesiva grande de color verde neón.

"Ten mucho cuidado con quién compartes esta información. Los científicos que tienen fe en Dios son más abiertos a la verdad. Nota: el término "Teórico de la Conspiración" fue desarrollado por la CIA en la década de 1960 como parte de un plan MK Ultra para frustrar a aquellos que sabían que usaban armas biológicas y drogas de control mental. Lo que enfrentamos ahora, sin embargo, tiene consecuencias eternas para toda la humanidad."

Ben hojeó la pila y notó más notas de neón; Los comentarios del Dr. Cole proliferaron en todo momento. Recuperando el Disco Duro Externo, lo envolvió en plástico y lo pegó debajo de su escritorio. Mañana llegaría temprano; Tal información se digeriría mejor cuando estuviera fresca.

En la pared de su oficina en casa había una placa que Sara le había hecho con sus niños de preescolar. Ahora llamó su atención...

Conoceréis la verdad.
Y la verdad os hará libres.

****

Capítulo 4

"Te planté como una vid noble, completamente una semilla correcta. ¿Cómo te has convertido en una planta degenerada de una vid ajena?" Jeremías 2:21

Durante los próximos días, Ben digirió cada aspecto del Informe Cole varias veces. Había estudios de investigación, comentarios, gráficos, tablas y escritos largos. Alguna información estaba tachada o cubierta con un marcador negro. El Dr. Cole a menudo sugería en sus notas lo que se referían esas eliminaciones. El Disco Duro era un tesoro que tardaría más en descifrar.

El contenido del extenso informe era demasiado sensible para compartir en voz alta. Sara fue guiada a leer varias partes de los documentos en privado. Se preguntaba si, en caso de que estuvieran incumpliendo la seguridad nacional, ¿serían monitoreados o vigilados por esto?

Ben procesó estos asuntos a través de un filtro de fe y curiosidad primero. Seguramente, ya están escuchando conversaciones telefónicas, monitoreando computadoras o un televisor inteligente. Era su hábito de mucho tiempo desactivar el router y los teléfonos celulares cuando trabajaba en material sensible.

Cada noche oraban juntos por sabiduría y dirección, poniéndose la "Armadura completa de Dios" para protección, como encontraron en Efesios 6. "Atad el mal", había dicho el Pastor A.J.

Durante el fin de semana, Sara y Ben estaban emocionados por asistir a la Pequeña Iglesia Blanca junto al río.

Moviéndose en el Espíritu, el pastor A.J. se apartó de un servicio rutinario y dijo: "Hoy tenemos una pareja nueva y fiel uniéndose a nosotros. Me reuní con ellos la semana pasada en mi oficina. Ben y Sara, ¿podrían contarnos un poco sobre ustedes?"

Ben y Sara se turnaron para contar los detalles de sus vidas, dando testimonio de cómo llegaron a conocer a Jesús como creyentes renacidos. Sara contó la historia sobre cómo se conocieron en el hospital y encontraron el amor durante sus pruebas.

Ben terminó diciendo: "Como investigador médico, solo quería agregar que, desde una perspectiva clínica, la mayoría de las iglesias en esta área parecen estar basadas en el miedo."

"También parece espiritual", agregó Sara.

"La mayoría usa mascarillas o incluso se reúne en el estacionamiento de la iglesia mientras permanece en sus autos durante el servicio. Muchas personas incluso usan una mascarilla solas en su auto". Esto provocó una pequeña risa entre la congregación. "Muchas iglesias han cancelado los servicios por completo. Es refrescante que todos ustedes parezcan estar llenos del Espíritu Santo. Nos encanta la Escritura que dice: '*Porque Dios no nos ha dado un espíritu de temor, sino de poder, amor y dominio propio*'".

"¡Amén!", respondió el pastor A.J. desde el banco.

Después del servicio, Sara descubrió una nevera: "Hice un picnic".

Caminando hacia una cascada cercana, llenó dos platos de papel con sándwiches recién hechos de ensalada de huevo y ensalada casera. Rocíos de niebla dieron un alivio refrescante en la luz del sol.

Entre bocado y bocado, Sara habló en un tono serio: "Sé que este informe de Cole ha capturado tus pensamientos. Me compartiste algunas cosas al respecto, pero es un poco complicado para mí. Si tuvieras que resumirlo en una sola declaración concisa, ¿cuál sería?"

Ben pensó por un momento en reposo: "Esto no es una pandemia fortuita, sino una planificada durante muchos años. Hay una implicación secreta del gobierno. Está llevando a algo que puede comprometer el ADN humano".

"¿Están tratando de contaminar el genoma entonces?", preguntó Sara.

"Esa es una gran parte de ello. Marshal reveló que su jefe ha estado involucrado desde el principio con investigadores del MIT, trabajando en la codificación de biomateriales. Se reunieron en Nueva York justo antes de la pandemia en otoño, bajo el nombre encubierto: '*Plan de contención de contagios*'", explicó Ben.

"Why in the world are they doing all this, Ben?"

"Estrategiaron sobre la implementación de su diabólico 'plan pandémico' para controlar, rastrear y deconstruir", agregó Sara.

"Ese es un buen nombre para ello: 'Plan-demia'. Entonces, ¿se trata del virus?", preguntó Sara.

"Por lo que entiendo hasta ahora, planean utilizar terapias que cambian el ADN en las llamadas vacunas para salvar a las personas del virus que crearon. También podría ser para la despoblación", explicó Ben.

Ben notó lágrimas de cascada formándose en los ojos de su esposa.

Dejando su almuerzo, Sara subió a una roca cercana más cerca del poderoso caudal de agua en la base de las cataratas.

Por su respuesta, Ben sabía en lo profundo de su alma que todo esto debía ser verdad. Sumergiéndose en el agua que se acumulaba a su alrededor, Sara llamó con fuerza: "¡Bueno, le pedimos a Dios que nos mostrara todo!" Extendió su mano para ayudarlo a subir a la roca. "Entonces, ¿la pregunta final es esta: qué hacemos con este conocimiento?"

Esa noche, antes de quedarse dormido, Ben susurró una oración: "Por favor, Señor, muéstranos los secretos más profundos de todo lo que está sucediendo y cómo exponerlos".

Al amanecer, después de más oración, Ben recibió una palabra para leer su Biblia. Abriendo el libro de Deuteronomio, leyó:

"Escoge la vida, para que tú y tu descendencia viváis."

Ben pensó: "Todo esto se trata de la semilla santa de Dios. Se trata de mantenerla pura."

Sara se despertó más tarde esa mañana y bajó lentamente las escaleras de su casa en la montaña. Al mirar por las grandes ventanas de vidrio, vio algo colorido moviéndose rápidamente afuera. Riendo en voz alta, se dio cuenta de que era su esposo con su brillante camisa de franela. Estaba tirando de algunas grandes piezas de madera.

"¿Qué está pasando ahí afuera?" llamó Sara desde la terraza en tono alegre.

"I remember you always wanted a real garden."

"¡Oh, Ben!" Sara se apresuró con emoción en su camisón y abrazó a su esposo. "¿Puedo ayudar?"

"Ten cuidado", respondió Ben mientras Sara pisaba excrementos de ganado. "Quizás quieras ponerte algo de ropa primero". Ben trató de contener la risa. Había estado en una compra matutina en Green Acres Gardens. Además de las grandes bolsas de fertilizante, había comprado tablas de ocho pies de largo, cada una con un pie de alto, y materiales para un sistema de riego por goteo.

"Te estoy construyendo cuatro camas de jardín separadas para ti", hizo un gesto mientras martillaba. La vecina los miraba con perplejidad en su dirección.

"Pobrecita, está usando una mascarilla", confirmó Sara. "¡En el exterior!"

Ben sonrió. "Y aún llevas un camisón."

Después de tomar un poco de avena orgánica, frutas frescas y un cambio de ropa, trabajaron toda la mañana instalando camas de jardín.

Finalmente, Sara interrumpió su trabajo, "¡Vamos de compras!"

"¿De compras de nuevo?" Se apoyó en una azada, limpiándose la frente.

"¡Por algunas semillas!" ella rió con fuerza, "pero compremos solo orgánicas", dijo con determinación.

En la cena estaban agotados por todos sus esfuerzos. Sin embargo, era una sensación maravillosa mirar por las ventanas, incluso con la luz pálida, a los cuatro nuevos lechos de jardín. Las semillas estaban plantadas y un sistema de riego por goteo ya estaba regando.

"Este jardín ha sido una distracción bienvenida de todo", Ben se sintió en paz por primera vez en mucho tiempo.

Entregándole un paño de cocina, Sara bromeó: "Entonces secar los platos también será una buena distracción para ti". Felizmente, informó: "Hay cuatro tipos diferentes de tomates en una cama, pepinos, remolachas, rábanos, col rizada, espinacas, lechuga, broccolini, coliflor e incluso menta".

"Yo no tengo tu experiencia, pero sé que la menta puede apoderarse del jardín, ¿verdad?"

"Eso está en una cama separada", explicó. "Separada del ajo y orégano que plantaste".

"¿Eso era lo que era?" Ben torció la cara. "Es fuerte, podríamos tomar un té de menta antes de dormir."

"La manzanilla también funciona bien, compré una caja nueva", Sara alcanzó la tetera pasando junto a Ben.

Los días oscuros de la cuarentena siguieron en todo el mundo.

Los oscuros días de cuarentena se extendieron por todo el mundo. El pánico generado por los medios de comunicación llevó al autoaislamiento o a confinamientos impuestos. Esto llevó a muchos a la depresión y la pérdida de empleos. La división sobre las cuarentenas y el uso de mascarillas se intensificó, dividiendo a amigos, familias, liberales, conservadores y gobiernos. Aquellos que trabajaban desde casa a menudo miraban las pantallas de televisión y computadora día y noche. La adicción a las drogas, el alcoholismo, el divorcio e incluso el suicidio se propagaron.

Un profesor de sociología que Ben conocía mencionó casualmente, *"Estas personas conectadas se están convirtiendo en parte de la 'Meta'"*.

Se hablaba de una nueva vacuna que salvaría a la humanidad. Ben estaba al tanto de cada movimiento con información de su sobrino Marshal, el Informe Cole y su propia investigación exhaustiva.

Durante sus conferencias de prensa diarias, el presidente de los Estados Unidos aseguró al país que todo estaba bajo control. En las reuniones matutinas, el Dr. Fauci del NIH y titular de patentes de la industria farmacéutica, asesoró al presidente quien prometió: "¡Lanzaremos estas vacunas a velocidad de Warp, con el apoyo del Ejército!"

En investigaciones adicionales, el informe del Dr. Cole sirvió para confirmar que los eventos pandémicos que se desarrollaban en todas las naciones estaban bien planificados. Las agendas de las Naciones Unidas funcionaron en conjunto con las organizaciones Mundial de la Salud y Mundial Económica. La élite adinerada se reunió con los jefes de gobierno en Davos, Suiza. Incluso el Papa Católico se alineó con la base de poder del NWO.

Para Ben y Sara, una rutina casera de oración, ejercicio y ayuno intermitente, con comidas orgánicas al mediodía, les brindó una gran fortaleza y energía. El nuevo jardín era el oasis de Sara.

El respiro de Ben era jugar al golf semanalmente con Charlie y otros amigos. La mayoría de los campos de golf permanecieron abiertos sin restricciones, por alguna razón, "Aire fresco sin mascarillas", bromeó un golfista.

Durante sus salidas de golf, se discutían todos los temas. Desde el principio, Charlie había proclamado: "Soy evolucionista, así que no intentes hablarme de religión".

Colocando su pelota en el tee, Ben intentaría deslizar su fe diciendo: "El libro de Apocalipsis dice que el próximo gran evento está a punto de suceder".

Charlie llamó: "Veamos si puedes hacer caer esa pelota en el hoyo. Este par 3 sólo tiene 120 yardas de longitud..."

Durante su caminata hacia el green, Charlie confió en que él fue quien regresó al Laboratorio de la Universidad después del robo para poner todo en su lugar de nuevo.

"Nos estaban preparando una trampa, Ben. Quería asegurarme de que no se informara. Estaban buscando nuestro último descubrimiento o querían una excusa para cerrarnos", dijo Charlie.

Ben respondió: "El Dr. Pidgeon dejó un mensaje ayer. Mencionó que podríamos abrir en una base limitada, necesitamos comenzar pruebas de laboratorio independientes, fuera del horario de trabajo".

En ese momento, el celular de Ben sonó en su bolsa de golf. Era Sara.

"Lo siento por llamar. Es posible que quieras venir a casa de inmediato", dijo nerviosamente. Ben conocía a su esposa tranquila y sensata. Esta no era una llamada frívola.

Llegando a casa en tiempo récord, Ben encontró a su esposa en el sofá de la sala. Ella señaló un paquete marrón cuidadosamente envuelto, junto a la puerta de entrada etiquetado: *'Materiales Peligrosos Biológicos', Sensible al tiempo y la temperatura —'Abrir con precaución.'*

Sara explicó: "Un conductor lo dejó junto a la puerta de entrada. Yo estaba en el jardín trasero, pero nuestra vecina vio una camioneta negra alejándose. Dijo que tenía un logotipo naranja o algo similar en el costado".

Ben miró con sospecha el pequeño paquete rectangular durante un minuto y luego lo llevó al garaje. Ahora, por primera vez desde que comenzó la pandemia, Ben se puso una mascarilla protectora. Contenía un filtro respiratorio. Se puso una chaqueta cortaviento gruesa y encontró un par de guantes de goma amarillos.

Tomando un cuchillo exacto, la delgada hoja cortó el paquete limpiamente en sus hábiles manos. Luego, usando pinzas y un retractor,

Ben extrajo el contenido. Había cuatro viales. Cada uno estaba marcado con diferentes letras; P-M-A-J/J.

Las únicas palabras impresas en el interior eran: "Viales de dosis única".

Llamando a Charlie, planearon reunirse en el laboratorio por la mañana: "Vamos a solicitar acceso para un evento de alto nivel". Su compañero de trabajo había encontrado otra discrepancia.

"¡Es una trampa! Acabo de encontrar una lata antigua de desinfectante *Lysol*".

En la letra pequeña dice: "Mata el coronavirus al contacto".

De vuelta dentro de la casa, Ben consultó el sitio web de los CDC escribiendo: "¿Qué es un vial de dosis única?" La respuesta fue lo que sospechaba: Un *"VIAL" de dosis única es un vial de medicamento líquido destinado a la inyección o infusión.*

Después de discutir el contenido del paquete con Sara, decidieron consultar las Escrituras. El libro de Apocalipsis contenía respuestas para estos eventos actuales, como se había predicho. Sara escribió con letra cursiva en su diario, mientras estudiaban las Escrituras juntos. Hablaba de las muchas plagas que vendrían sobre la tierra.

Los "viales" de Apocalipsis, 16:1-2 (versión KJV)

16:1 "Y oí una gran voz que salía del templo, que decía a los siete ángeles: "Id y derramad sobre la tierra las copas de la ira de Dios."

16:2 "El primero fue y derramó su copa sobre la tierra, y vino una llaga mala y maligna sobre los hombres que tenían la marca de la bestia y adoraban su imagen."

"¿Por qué se cambió la palabra 'VIALES' por 'CUENCOS'?" Lea la versión KJV y compare las traducciones.

Marca de la Bestia: "EN" la mano y "EN" la frente. KJV (no "Sobre" la mano). Apocalipsis 13:16-17

*18. **"Y por tus hechicerías 'Pharmakeia'** (drogas, medicamentos) **todas las naciones fueron engañadas".** Apocalipsis 18:23*

En la mañana antes de conducir hacia el laboratorio, Ben consideró la tarea que tenía por delante. En el asiento trasero del SUV estaban los cuatro viales en su estuche de subcero, empacados en un enfriador para picnic. Al despedirse, Sara no pudo evitar reír al notar que se había sujetado con un cinturón de seguridad en el enfriador.

"Sara susurró, mientras se inclinaba hacia el auto para darle un beso de despedida: 'El Dr. Cole debe haberte enviado las vialas'".

Investigar el contenido de los viales médicos, sin embargo, no era parte de su trabajo de laboratorio habitual. Pero ahora, con los diversos viales para estudiar, él y Charlie cambiarían de rumbo.

Mientras los pinos grandes proyectaban sombras a lo largo del camino, Ben consideraba el camino que lo llevó hasta aquí. Realmente no era un investigador en el campo médico. Cuando se le preguntaba, Ben simplemente respondía: "Mi campo está en el reconocimiento genético".

La tesis doctoral de Ben en la Universidad de Duke había hipotetizado que los receptores en las células se abrirían cuando un sujeto humano dispuesto aceptara recibir un medicamento, comida, bebida o información, y se cerrarían cuando se opusiera. Teorizó que cuando un sujeto aceptaba voluntariamente o deseaba un medicamento administrado, sus células y receptores estaban abiertos para recibirlo. Por el contrario, cuando el paciente recibía un medicamento bajo coacción en contra de su voluntad, los receptores celulares se cerraban.

En su nuevo estudio de investigación, el grupo de control estaba comprobando esta hipótesis. Un medicamento era menos efectivo en un individuo en general cuando recibía la medicación por la fuerza.

Esta era una hipótesis complementaria a los avances epigenéticos que Ben había ayudado a descubrir en Duke. Como director del nuevo Laboratorio, Ben dio prioridad máxima a su teoría.

Durante años, el modelo de la escuela de medicina Rockefeller enseñó que todo lo que importaba en genética era la historia familiar de una persona. Ben demostró que el 80% del tiempo, la mentalidad y las decisiones personales individuales eran los factores principales para desarrollar enfermedades. La genética y la predisposición constituían el 20%, y las decisiones individuales activaban o desactivaban genes específicos.

Los estudios revelaron que una persona con predisposición a la diabetes, por ejemplo, puede activar el gen de la diabetes a través de una mala dieta y un estilo de vida sedentario. Por el contrario, la diabetes se suprimía al comer una dieta saludable, rica en verduras, grasas saludables y tener un estilo de vida activo.

Una dieta alta en cerdo, azúcar, carbohidratos, drogas y alcohol generalmente "activa" los genes del cáncer, publicó Ben en un estudio.

El establecimiento médico altamente controlado y la industria farmacéutica se oponen a estos avances genéticos, informó Ben.

"El objetivo de la industria farmacéutica es crear clientes, no curas."

Finalmente llegando al trabajo, Charlie esperaba en la entrada lateral. "Desactivé el sistema de seguridad y las cámaras", confesó.

"El guardia está ocupado jugando videojuegos..."

Deslizando una tarjeta de acceso hacia la oficina interna, entraron.

"Aún funciona", comentó Charlie en voz baja.

Caminando rápidamente hacia las paredes de cristal del laboratorio trasero, agitó la mano frente al detector de movimiento. La puerta interior se abrió, revelando una amplia variedad de equipos de investigación.

Poniéndose las batas blancas y guantes, Ben abrió la nevera que contenía las cuatro viales y cuidadosamente entregó una a Charlie. Durante la siguiente hora, trabajaron en silencio tomando notas mientras estudiaban los materiales de las viales. Charlie usaba un Microscopio Confocal para biología celular y cultivos de tejido, mientras que Ben prefería los microscopios electrónicos o de fluorescencia más nuevos, para una magnificación de hasta x1,000,000.

¡Tienes que ver esto! ¡Es un desastre tóxico! -exclamó Ben rompiendo el silencio una hora después.

"Algo parece estar moviéndose", Charlie sostuvo firmemente el ocular. "¿Qué estamos mirando aquí?"

"Creo que es la Moderna", iluminó Ben, "Realmente impactante - hay óxido de grafeno, criaturas tipo Hydra, objetos metálicos afilados, nanotecnología y mucho más que aún tengo que identificar - este ARNm permea las células alterando el ADN."

"Cuando agregué los cultivos de tejido al 'vial P', el ARNm propagó proteínas de pico en las células, ¡y esa sustancia negra se ensambló como un imán!", explicó Charlie.

"Óxido de grafeno..." Ben movió la cabeza.

Durante las próximas horas, trabajaron incansablemente sin detenerse. Absorbidos en el trabajo, en un momento Charlie frunció el ceño y dijo: "esto quita el apetito".

Mientras las sombras se profundizaban en las altas ventanas, discutieron su investigación y, por primera vez, Charlie habló de su crianza: "Mamá era nuestra protectora". Su padre había sido un disciplinario estricto, desconfiado del mundo.

"Marchó a nuestra familia fuera de la iglesia un domingo diciendo: *¡Todo lo que quieren es su dinero duramente ganado para construir otro gran edificio de iglesia!* La siguiente semana, papá se unió a una Logia Masónica", dijo Charlie.

Algo irónico, concluyó Ben. *De un mal programa de construcción a otro...*

"¿Por eso eres ateo?" preguntó Ben.

"Yo diría que soy 'agnóstico'", respondió Charlie.

"La diferencia entre 'ignorancia y apatía' es 'no sé y no me importa'", contrarrestó Ben. Una sonrisa irónica se formó en las comisuras de la boca de Charlie.

"Escucha, no voy a obligarte a creer, pero la Escritura dice que *'nuestros cuerpos son templos de Dios'* y que estamos creados a su imagen", dijo Ben, pausando mientras tomaba el frasco de J&J. "La Biblia habla sobre *frascos* y plagas que se derraman sobre la tierra en los últimos tiempos".

Ninguno de ellos dijo nada durante lo que pareció ser el tiempo más largo, reflexionando sobre la posible tormenta que se avecina.

Finalmente, Charlie ofreció: "La Fundación Bates ya está administrando las inyecciones a personas pobres en África y a personas sin hogar aquí, en el buen viejo EE. UU."

"La industria farmacéutica tiene inmunidad completa después de hacer un trato con el Congreso hace años", agregó Ben. "No hay ensayos estandarizados de cuatro a cinco años".

"Es tarde, mejor salgamos de aquí y terminemos los últimos dos viales más tarde", Charlie señaló hacia las cámaras.

Lo siento, pero no hay ningún mensaje específico al que pueda traducir. ¿Puedo ayudarte con algo más?

"Avísame si quieres discutir lo que dice la Biblia sobre el cambio del ADN y la 'Marca de la Bestia'. Creo que se relaciona con nuestros descubrimientos de hoy."

Capítulo 5

"Y el dragón se enojó con la mujer, y se fue a hacer guerra contra el resto de su descendencia", Apocalipsis. 12:17.

Al amanecer, Ben encontró a su esposa en el jardín. Sara estaba disgustada porque sus semillas no germinaban. Las semillas que habían salido a la superficie de la tierra parecían marchitas. Se inclinó para estudiar las que habían germinado, recogiendo algunas muestras.

Durante una taza de café, Ben comenzó a compartir todo lo que habían descubierto en el laboratorio la noche anterior. Antes de tener la oportunidad de terminar todos los detalles, Sara intervino: "Espera, Ben, hay un verso en el Apocalipsis que investigué por mi cuenta anoche. Parece explicar lo que está sucediendo ahora".

Abriendo en Apocalipsis 18:23, ella leyó: "Y por sus hechicerías fueron engañadas todas las naciones". Revisando sus notas en el margen, continuó: "Cuando estudié el concordance de Strongs en el texto griego original, descubrí que 'hechicerías' significa drogas, medicinas, venenos, hechizos e incluso brujería".

Ben leyó la escritura en voz alta de nuevo, diciendo: "Viene después de los capítulos sobre la Marca de la Bestia".

Al ver el concordance abierto en la sección #5331, leyó el pasaje en voz alta y de repente golpeó el pasaje con su puño, derramando café sobre las encimeras de granito.

"¡Wow!", exclamó, "¡En el original griego Septuaginta, la palabra también se traduce como *'Pharmakeia'*!" Llegó rápido a él:

"Debe ser de donde proviene la palabra 'Farmacéutico'", dijo Ben.

Esa noche, Ben se despertó después de uno de sus sueños poderosos. *"A quien mucho se le da, mucho se le exige"*. Alcanzando un cuaderno en la mesita de noche, rápidamente garabateó los detalles:

En mi sueño, había un hombre alto y delgado vestido de blanco, haciendo señas con sus brazos. Las palmas de sus manos estaban vueltas hacia abajo, sus largos brazos se movían frenéticamente de lado a lado sobre un campo nivelado de tierra quemada, que parecía extenderse por millas en todas direcciones. Luego, mirando hacia arriba lentamente al cielo, dos grandes nubes blancas se fusionaron, tornándose oscuras. Cuando el hombre de blanco levantó sus brazos hacia arriba, comenzaron a caer grandes gotas de lluvia, al principio ligeramente. Luego, con un destello de relámpago, el cielo se abrió en una lluvia torrencial. A través de la lluvia torrencial, el hombre pronunció estas palabras:

"A quien mucho se le da, mucho se le exige..."

En camino a la pequeña iglesia blanca, por la mañana, Sara respondió a su sueño. "Wow, ese es un mensaje que suena celestial. Un verso en el libro de Joel dice: *'Y después de esto derramaré mi Espíritu sobre toda carne, y vuestros hijos y vuestras hijas profetizarán; vuestros ancianos soñarán sueños, y vuestros jóvenes verán visiones'*".

Inclinando el espejo retrovisor hacia su dirección, las puntas de los dedos de Ben rozaron su cabello grueso, "Quizás solo estoy envejeciendo", suspiró. "Hay un poco de sal y pimienta ahora también".

Sara tocó su mejilla. "Diría que eres elegante y guapo." Girando hacia un camino de tierra, estacionaron en el cementerio de la vieja iglesia de los colonos. Tenía vistas al río que corría con fuerza.

En el aire fresco, el Pastor A.J. asintió hacia las tumbas deterioradas, "Todos estos buenos señores tendrán una buena vista cuando Jesús regrese. El versículo dice: *'Los muertos en Cristo resucitarán primero'*".

Durante el servicio, el Pastor A.J. dio un mensaje ardiente:

"Si estás buscando respuestas", comenzó, "entonces tienes 'Oídos para Oír' ... pero si estás buscando discutir acerca de lo que dice la Escritura, entonces no tienes 'Oídos para Oír'".

"En este momento, hay mucha confusión y controversia entre las personas sobre lo que está sucediendo en el mundo. Pero todo esto viene de nada más que de esa serpiente, el diablo. Hasta ahora, está teniendo éxito, no solo con un mundo incrédulo, sino también con los cristianos, usando el miedo sobre la salud. Un verdadero creyente confía en Dios".

"Escucha, Satanás es el autor de la confusión, el acusador de los hermanos y el autor de mentiras. Quiero comenzar leyendo un versículo del Libro de Apocalipsis Capítulo 13:"

"Y hace que a todos, pequeños y grandes, ricos y pobres, libres y esclavos, se les ponga una marca en la mano derecha o en la frente; y que nadie pueda comprar ni vender, sino el que tenga la marca, el nombre de la bestia o el número de su nombre."

"Esto requiere sabiduría", dijo A.J. haciendo una pausa y limpiando su frente con un pañuelo blanco. Entonces, dice: "hay una 'Marca' 'EN' la mano o la frente". ¿No es diferente a 'En' como dicen todas las otras versiones de la Biblia? Por eso usamos la versión original del Rey Jaime aquí... continúa iluminándonos diciendo que "nadie podrá comprar ni vender, a menos que tenga la 'Marca', o el nombre de la Bestia, o el número de su nombre."

Por lo tanto, este **"O"** se vuelve bastante importante, ¿verdad? No es solo **"En"** la mano o la frente, como la mayoría dice, sino **"Dentro"**.

A.J. habló cuidadosamente el "Dentro" y "O" con gran énfasis.

"De hecho, no podrán comprar ni vender, a menos que tengan la Marca, el Nombre, o el Número de su Nombre. Esto requiere sabiduría: 'que la persona que tenga entendimiento calcule el número de la Bestia, porque es el número de un hombre, y ese número es seiscientos sesenta y seis'".

El pastor A.J. vaciló, dejando que las palabras calaran. "Afortunadamente, Dios sella a todos los creyentes con su Santa Marca en la frente. Incluso el profeta Ezequiel y Pablo hablan del Sello de Dios; quien nace de nuevo, es sellado por el Espíritu Santo".

"Cuando la Bestia es herida de muerte en una de sus cabezas, todo el mundo se maravillará de su recuperación. Dice: 'adoraron al dragón que dio autoridad a la bestia'. Entonces, ¿quién es el dragón?", preguntó.

"¡Es el diablo!" exclamó una chica más joven.

"Esa es mi sobrina", se rió A.J., "no es justo", dijo sonriendo hacia ella, "porque ya sabías la respuesta..."

"Continúa diciendo que la Bestia tendrá autoridad durante cuarenta y dos meses y medio. Eso son tres años y medio y hará la guerra contra los santos. ¿Quiénes son los santos? Son aquellos que siguen a Jesucristo".

A.J. terminó sombríamente. "Tendremos que ser diligentes, manteniéndonos firmes a través de la persecución, resistiendo hasta el regreso de Cristo. La buena noticia es que sabemos quién gana al final. ¿Por qué? Porque conocemos la última página de este increíble libro", concluyó, levantando su vieja Biblia.

Después del servicio de la iglesia, Sara conversó con algunas de las mujeres y los niños pequeños en el estacionamiento. Ben metió la mano en el maletero y sacó un paquete. Mientras se dirigía hacia el antiguo cementerio de la iglesia, vio al pastor A.J. junto al pequeño río.

Entregándole el paquete, Ben dijo: "Creo que es importante que lo leas de inmediato".

Más tarde, en el coche, Sara preguntó: "¿Qué le diste al Pastor?"

"Le di un resumen censurado del informe Cole con mis notas sobre lo que descubrimos en el laboratorio la otra noche", confió Ben a Sara.

Mientras subían la empinada carretera de la montaña de regreso a casa, Ben se emocionó y dijo: "Se me ocurrió durante el servicio lo que podría significar mi sueño".

"¿Qué es, Ben?" preguntó Sara.

"El hombre en mi sueño estaba esparciendo algo por el suelo mientras sus brazos circulaban sobre la Tierra. Estaba sembrando la tierra", dijo Ben en español.

"¡Esparciendo semillas!", interrumpió Sara.

"Sí", confirmó Ben. "En otras palabras, él estaba diciendo..."

"Cuando mucho es sembrado en obediencia, más es regado por Dios", dijo Ben en español.

"El Suelo de Dios son aquellos dispuestos a compartir la verdad, y la Semilla es la Palabra de Dios, brotando para guiar a los fieles", tradujo Ben al español.

"Se acerca el momento en que aquellos que aman al Señor tendrán que advertir a aquellos que tienen oídos para escuchar, como dijo hoy el pastor A.J.", tradujo Ben al español.

"Sara reflexionó: Es difícil creer que todas estas profecías del Apocalipsis estén sucediendo en nuestra vida."

"¡Mira!" dijo de repente, al ver una gran águila dando vueltas sobre la copa de los altos pinos. "Quizás sea una señal para seguir adelante."

Condujeron en silencio, Sara colocando su mano en el cuello de Ben.

Ben sabía que su misión ahora sería exponer la verdad.

Las inyecciones son parte de un plan siniestro y más grande para toda la humanidad, contempló; diseñado para modificar genéticamente y controlar a cada ser humano y su descendencia. Tendría que ser perspicaz para sacar el Informe Cole y sus propios descubrimientos después de investigar las Ampollas.

"Es mejor ser astuto al respecto y luchar otro día", dijo de repente.

"¿Qué es eso?" murmuró Sara, habiendo cerrado los ojos en meditación durante los últimos kilómetros.

"Nada", respondió Ben. "Solo pensando en cómo compartir la verdad con todo lo que se avecina".

En casa, Ben imprimió copias del Informe Cole y sus notas de investigación, mientras Sara preparaba el brunch.

"El Dr. Cole posiblemente confió en otros investigadores centrados en Dios para exponer esta locura", aclaró. Ben dio un bocado a la deliciosa frittata de verduras que Sara había preparado.

El Informe Cole era una recopilación de muchos programas gubernamentales codificados a lo largo de los años, incluyendo armas biológicas. A menudo se utilizaban drogas para la manipulación, como en *MK-Ultra*, el control mental o el *Proyecto Chatter*, utilizando medicamentos de la verdad.

Había una sección contemporánea que hacía referencia a los recientes tiroteos masivos en Estados Unidos. Incluso antes de los cierres, parecía que las ondas estaban inundadas de tiroteos masivos a manos de jóvenes pistoleros violentos y furiosos. La violencia y los tiroteos se habían intensificado, afectando la estabilidad de la nación. El Informe Cole indicaba que muchos asesinos en masa estaban adictos a los videojuegos violentos, pero esta información debía ser suprimida.

La propia investigación de Ben encontró que muchos de los jóvenes involucrados en los tiroteos masivos provenían tristemente de hogares monoparentales y que los jóvenes a menudo estaban tomando medicamentos farmacéuticos para "TDAH", "esquizofrenia" o "depresión". *¿Otro encubrimiento con qué propósito?*

¿Fue otro programa diseñado para el control de armas?

El debate en los medios de comunicación sobre el control de armas hacía estragos diariamente y muchos patriotas inquebrantables se preocupaban de que la Segunda Enmienda estuviera siendo usurpada por un gobierno federal que buscaba quitar las armas a los ciudadanos para controlarlos, tal como ocurrió en la Alemania nazi.

Al atardecer, Ben tuvo otra videollamada segura con su sobrino, quien compartió: "Oye, seguí tu consejo y leí todo el libro del Apocalipsis. La gente piensa que es una visión de su discípulo Juan, pero dice: 'La revelación de Jesucristo'".

"Exacto", estuvo de acuerdo Ben. "Entonces, ¿qué descubriste?"

"Un poco difícil de entender. Hay algunas cosas locas ahí adentro. Pero sí habla sobre la marca de la bestia varias veces", dijo.

Ben explicó el mensaje que habían escuchado esa mañana sobre "En" la mano o la frente, no "Sobre", y sobre el "Nombre o Número de su Nombre" que se necesitaba para comprar y vender.

"¡Guau!", dijo Marshal emocionado, "no sabía que hablaban de todas esas cosas en la iglesia".

"Esta sí lo hace...", comenzó Ben a mencionar el informe Cole, pero se detuvo a sí mismo para no revelar demasiado, incluso en la línea encriptada que su sobrino había diseñado.

"Hay algo que necesito compartir contigo, pero es mejor no decir mucho aquí - tiene que ver con tu señor Bates", dijo.

"No es 'mío', Tío Ben", dijo Marshal defensivamente. "No puedo esperar a dejar mi trabajo, pero tal vez pueda averiguar más mientras aún estoy aquí. Bates quiere que el mundo entero esté en cuarentena", dijo.

A esto se le llama; ***Problema – Reacción – Solución***.

"Ellos crean el problema, la Plandemia con un virus fuera de control. Luego usan los medios y los gobiernos para que todos reaccionen con miedo."

"Y la solución es la inyección de ARNm para todos los hombres, mujeres y niños de la Tierra", respondió Ben con preocupación."

"Con la codificación en ella", suspiró su sobrino. "Con una patente que termina en 060606, como el número en Apocalipsis. Esperando no ir al infierno por ser parte de esto", Marshal bajó la mirada."

"Ahí es donde entra algo llamado Arrepentimiento", ofreció Ben. "Te enviaré algo sobre el perdón y nuestra investigación de laboratorio, después de haber probado algunas muestras de las dosis."

"¿Cómo conseguiste agarrar esas?" Marshal parecía nervioso.

Al darse cuenta de que quizás había revelado demasiado, Ben se mantuvo tranquilo y dijo: "Oh, los laboratorios tienen acceso a una gran cantidad de cosas..." y levantó un dedo sobre sus labios en la videollamada.

Recogiendo la pista, Marshal dijo: "espera un momento". Escribiendo rápidamente en un bloc de notas, lo sostuvo frente a la pantalla. Había varios nombres: *WEF/Davos, Klaus Schnob, la OMS, Tedros, G7: Trudeau, Schultz, Macron, Blair. Bates/Epstein.*

A la mañana siguiente, Ben condujo para reunirse con varios colegas y otros médicos para compartir partes del Informe Cole y su propia investigación independiente. "Ellos han descontado por completo la inmunidad natural", mencionó un investigador.

Hubo una reacción visceral de otro médico mayor, por lo que Ben recuperó el informe directamente de sus manos.

Interesante, consideró Ben, los que conozco como fieles remanentes están más abiertos a descubrir la verdad.

Durante el almuerzo, sonó el teléfono móvil de Ben. "¡Oh no, Ben!", su esposa sonó agitada. "Nuestra antigua iglesia de Springs llamó. Esto va mucho más allá de los servicios en el estacionamiento. ¡Ahora están transportando a las personas en autobuses para vacunarse en la farmacia!"

"Eso es malvado", se lamentó Ben, quizás puedas advertirles compartiendo uno de los videos que recibimos de la Dra. Madej o Zelenko.

Esa noche en casa, Sara se lamentó aún más: "Publiqué los videos de advertencia en el sitio web de la iglesia, pero eso provocó una gran tormenta. Incluso el pastor intervino pidiendo que los elimináramos..."

"Nos estamos enfrentando a un Goliat con la industria farmacéutica", respondió. "Son la industria más grande del mundo en este momento".

"Y estamos luchando contra el miedo. Las personas confían en el hombre y la medicina en lugar de en Dios y Jesús, para protección, provisión y curación". "¡Bueno, Sara!" respondió. "Eso resume todo".

Ben le dio a su esposa un beso tranquilizador de buenas noches en la mejilla. Alcanzando su cuaderno de notas en la mesita de noche, escribió: *"Con miedo confían en el hombre y la medicina en lugar del Señor". ¿No hay un versículo que dice: "¿Maldito el hombre que confía en el hombre y hace de la carne su fuerza, pero bendito el hombre que confía en el Señor"?*

Luego agregó una nota para sí mismo: *"Recuerda llevar la serie de videos al trabajo para Charlie mañana: '¿Es Génesis Historia?'"*

Capítulo 6

"Que, en Su misericordia, Dios preservará un remanente", Oseas. 4:6

El siguiente año, Ben y Sara hicieron todo lo posible para advertir sobre las peligrosas "vacunas" que se estaban administrando en todo el mundo. El pastor A.J. había predicado que no debemos ofendernos cuando amigos o familiares se oponen o se agitan. "Es un principio bíblico al exponer la verdad", recordó.

A través de conferencias, artículos e investigación compartida, Ben informó sobre sus hallazgos sobre los contenidos malvados en las inyecciones.

Sara contactó a todas las personas que había conocido y les rogó: "Por favor, digan no a estas inyecciones experimentales que cambian el ADN. Mantengámonos hechos a imagen de Dios".

En el otoño, se eligió a un nuevo presidente de los Estados Unidos, en medio de una carrera controvertida cargada de fraude electoral. La administración liberal fue aún más pro-vacunación. Impulsaron mandatos para trabajadores del gobierno, militares, trabajadores de la salud, educación y primeros respondedores. Los estados se polarizaron aún más con el sur resistiendo a las pruebas y vacunaciones obligatorias, mientras protestaban cualquier nueva tarjeta de identificación de pasaporte.

Rallies began forming with thousands of mandate resisters. Las marchas se extendieron desde Washington D.C. a través de América hasta Europa y Australia, en oposición a lo que se denominó "La tiranía médica". Muchos perdieron no solo sus relaciones con amigos y familiares por estas convicciones, sino que también perdieron sus medios de vida, hogares y matrimonios.

Por el otro lado, un grupo llamado "Antifa" propagó la violencia y el caos en las ciudades. "Nos pagan George Sorgross", reveló uno de los líderes. Se informó que Sorgross, un multimillonario liberal de élite estaba detrás de gran parte de la disensión en todo el país.

Los mandatos exigían pruebas sin precedentes con un hisopo de PCR presionado y torcido hasta el fondo de la cavidad nasal.

"Imagina un virus tan mortal que tengas que hacerte una prueba para descubrir si lo tienes", decía Charlie en el trabajo.

"El inventor de la prueba PCR, K.T. Mullis, se ha manifestado en contra de su uso para esto", mencionó Ben un día en el laboratorio.

"Acaba de fallecer, Ben. Mullis era un ganador del Premio Nobel. Seguía diciendo que no se diseñó para detectar enfermedades infecciosas", dijo.

"Quizás eso lo mató."

Los medios de comunicación alimentaron la división en todo el país, por las elecciones nacionales disputadas. Protestas y debates sobre cuarentenas, mandatos de salud y las inyecciones proliferaron. Los liberales se alinearon con los confinamientos y la narrativa del mundo de los medios. Conservatives seemed to align with faith, at first more reluctant to take the shots.

A finales del verano, llegaron noticias angustiantes sobre la sobrina de Sara, de veinte años y estudiante de tercer año en la USC, quien estaba en un hospital de California. Había tenido una reacción inmediata a la vacuna de Moderna y sufrido un shock anafiláctico. La familia no podía tener contacto directo con ella y temían que incluso pudiera estar conectada a un respirador.

Para cuando Ben y Sara llamaron sugiriendo formar un grupo de rescate, su hermano respondió llorando: "¡Está muerta, hermana! El hospital dijo que Callie murió sola en medio de la noche, acabo de llamarte", sollozó.

Con temor asistieron al funeral, al otro lado del país. Los aeropuertos estaban desolados. Con iglesias y mortuorios cerrados para los servicios funerarios, el evento se llevó a cabo en un patio trasero con un puñado de personas. Un evento triste. Sara leyó versículos de los Salmos: *"Aunque camine por el valle de sombra de muerte, no temeré mal alguno ..."*

Ben también estaba con el corazón destrozado por el cambio en el estado, "Se siente como si estuviéramos en Sodoma y Gomorra aquí".

"O incluso peor", agregó Sara.

Veinte años antes, Ben había sobresalido como estudiante universitario en Simpson. Uno de sus primeros mentores, el Dr. Bryan Booker, biólogo, fue uno de los primeros en exponer los males de las vacunaciones modernas. Un denunciante en los Centros para el Control y la Prevención de Enfermedades (CDC), el Dr. Will Thompson, confesó en llamadas grabadas con el Dr. Booker, el profesor de Ben. El CDC había destruido y omitido datos cruciales sobre la seguridad de las vacunas.

El propio hijo del profesor fue víctima de la vacuna MMR. Un cóctel peligroso para paperas, sarampión y rubéola. Muchos niños desarrollaron autismo debilitante o murieron por las inoculaciones. En respuesta, el Dr. Booker fue presentado en un documental llamado Vaxxed con el director Del Bigtree. Impactó a Ben hasta el fondo, después de ayudar en el proyecto como estudiante universitario; nunca volvería a ver la medicina o las vacunas de la misma manera.

Ahora de vuelta en California, los malvados legisladores estatales, junto con las empresas de tecnología y Hollywood, habían contaminado la tierra. Los contribuyentes estaban obligados a pagar por operaciones de cambio de sexo, incluso para niños sin el consentimiento de los padres. Se promovía una agenda de igualdad de género en las escuelas y se prohibía a los consejeros ayudar a aquellos que querían abandonar el estilo de vida. El aborto a pedido se extendió por todo el estado. La eutanasia se estaba legalizando para todas las edades. Sara mencionó haber visto un anuncio de televisión que glorificaba el proceso de suicidio asistido, mostrando a una joven en silla de ruedas en la playa, con música de arpa, amigos y familiares animándola... hasta su muerte.

Si eso no fuera lo suficientemente malvado, se aprobó una nueva ley en la Legislatura Estatal. El Proyecto de Ley de la Asamblea 2223 exonera a los padres, médicos y personal médico por permitir que un bebé muera hasta 28 días después del nacimiento. ¡El asesinato legalizado de bebés nacidos vivos!

Después de escuchar las noticias esa noche, Sara rompió a llorar: "¡Cómo se atreven! Todos esos pobres niños inocentes. Los malvados que hacen esto serían mejor tener una piedra de molino atada al cuello y ser arrojados al mar".

Ben apagó la televisión en la habitación del hotel, la abrazó fuerte y dijo: "La venganza es mía, dice el Señor".

De regreso a casa desde el aeropuerto LAX, Ben escuchó a alguien decir la frase engreída: "Como va California, va la Nación..."

"Sentí ganas de hacer un letrero y pararme en una esquina", dijo. "¿Qué diría?" se preguntó Sara.

"Simple: diría '¡Arrepiéntete, California!' en un lado y 'Solo Jesús Salva' en el otro..."

De vuelta en casa, dieron un paseo rápido por el campo después de la cena.

Sara reflexionó: "Si se requiere que alguien se inyecte para conservar su trabajo, entonces ya se convierte en algo como 'compra y venta'".

"Como dice en Apocalipsis", respondió Ben. "Necesitan un trabajo, por el dinero solo para comprar y vender. Muchos predicadores dicen que esto es un 'precursor' de la Marca de la Bestia, pero no puedo encontrar esa palabra o concepto en ninguna parte de la Biblia".

Con suerte, como dice en Romanos, "Dios tendrá misericordia de quien él quiera tener misericordia".

"Pero ¿por qué arriesgarías tu salvación eterna en algo como esto?"

Sara saludó a su vecina de al lado, Lady Lee, que regaba su césped, mientras llevaba puesta una mascarilla azul de papel muy delgada.

"Ella nunca saluda de vuelta", levantó la mano Ben, "¡el césped se ve genial, Lee!"

"La he invitado a tomar té y a nuestro grupo de mujeres en la iglesia varias veces, pero siempre encuentra una excusa", dijo Sara.

El lunes, Sara se alegró al recibir una llamada de su directora en la escuela. "¡La academia abre la próxima semana!" Sonrió ante la perspectiva de ver a sus preescolares.

La alegría de Sara duró poco, sin embargo, después de que la enfermera de la escuela llamara. "¡Están obligando a las vacunas, Ben! No puedo creer que haya programado una cita para mí. ¡Las ponen justo en el campus!"

Después de orar con su grupo de mujeres, Sara sabía el plan de Dios.

En una semana, había renunciado a su trabajo y había abierto su propia guardería con otras tres madres y un puñado de niños. El salón de la iglesia donde enseñaban se les dio de forma gratuita y operaba bajo una "exención dada por Dios", les dijo a los demás.

Después de la muerte de su sobrina Callie, el hermano de Sara, quien también es maestro, encontró una nueva vocación al exponer las vacunas y los protocolos malvados del hospital. Apareciendo en varios segmentos de noticias conservadoras, Tomás se pronunció en contra del mandato de Remdesivir y otros medicamentos mortales para pacientes con Covid. Dijo que los ventiladores eran trampas mortales.

"Simplemente sigue el dinero", informó. "A los hospitales se les pagan miles por cada diagnóstico de Covid y mucho más por cada muerte por Covid. ¡Nuestra hija Callie es uno de los miles de personas, jóvenes y viejas, que están muriendo por las vacunas y protocolos, NO por un falso Virus Covid!"

"Tucker Carlson respondió en uno de los programas: 'Estos pagos a los hospitales son un incentivo para el asesinato'", translated to Spanish would be: "Estos pagos a los hospitales son un incentivo para el asesinato".

Mientras un país lleno de miedo se acurrucaba en interiores, había un hombre solitario viajando a diez ciudades principales. Vestido con saco y ceniza, proclamaba que Dios estaba juzgando a Estados Unidos: "¡Arrepiéntanse por sus malas acciones!"

"Oye, este tipo le gusta mi idea de la pancarta para California", exclamó Ben una noche. "Veamos la transmisión diaria de este hombre".

Durante los siguientes diez días, Ben y Sara ayunaron al atardecer y vieron al hombre vestido con saco todas las noches.

"¡Arrepentíos, San Francisco, ¡por vuestro pecado sexual! ¡Arrepentíos, Los Ángeles y Hollywood, ¡por vuestro contenido sucio! ¡Arrepentíos, Houston, y Planned Parenthood, por asesinar bebés!"

"Arrepiéntete Nueva Orleans, ¡por tus caminos borrachos! ¡Arrepiéntete, Nueva York-Babilonia-, ¡por tu amor al dinero y tus caminos de prostitución!"

Uno por uno en todas las 10 ciudades, este valiente joven proclamaba el mensaje del Evangelio de Jesús y la salvación mientras advertía que "el Reino de los Cielos está cerca".

Finalmente, después de llegar a Washington D.C. durante la inauguración, el hombre vestido con saco y ceniza se paró a predicar en medio de una calle desierta. Se habían erigido altas vallas eléctricas alrededor del Capitolio.

Después de solo unos minutos de compartir su testimonio, la policía de D.C. y la Guardia Nacional estacionadas alrededor de él acordonaron la zona. "¡Arrepiéntete, Estados Unidos! ¡Arrepiéntete!"

"¡Lo tenemos rodeado!" gritó una mujer de cabello corto en uniforme azul a través de un megáfono. "¡Ponga sus manos sobre su cabeza ahora y manténgalas allí, o abriremos fuego!"

"Dijo otro policía: 'Hay tiradores con rifles apuntándote'. Cumpliendo, el hombre se mantuvo inmóvil con los brazos levantados en posición de 'V'. Luego, un hombre que filmaba desde lejos lo alentó: '¡Sigue predicando, hermano! Un mundo moribundo está observando, nunca ha habido un mejor momento para compartir el Evangelio.'"

Durante la siguiente hora, el hombre vestido de cilicio habló con gran autoridad, lleno del Espíritu Santo. Se vertió un mensaje de gracia y perdón por la sangre expiatoria de Jesucristo.

"Él murió en la cruz por todos los que creen en Él. ¡Él volverá en nubes de gloria!", dijo el hombre. "¡Para llevarse a su remanente fiel!"

En un momento dado, el hombre vestido de cilicio susurró a su amigo que lo filmaba: "Hombre, ¿están cansados mis brazos...?" Ahora los había bajado de la posición de 'V'. Los tenía extendidos de lado a lado, como en la cruz.

El fiel camarógrafo respondió: "Piensa en cómo se sintió Jesús". Luego, el camarógrafo enfocó la lente de la cámara en los policías, explicando que el hombre vestido de cilicio no era un terrorista con una bomba, sino un predicador de todo el país. "Jonás en la Biblia se vistió de cilicio y ceniza", recordó.

Inmediatamente, varias limusinas presidenciales negras pasaron a toda velocidad por la intersección. Poco después, se escuchó un fuerte estático alrededor del capitán, quien se llevó la mano a su audífono. Después de una revisión superficial, el hombre vestido de cilicio fue liberado.

Después de ver el video, Sara y Ben se quedaron atónitos. "Lo que el diablo quiso para mal, Dios lo usó para bien", silbó Ben en voz baja.

A la mañana siguiente, durante el estudio bíblico de los hombres en el Heavenly Grounds, Ben compartió la historia sobre el hombre vestido de cilicio y ceniza. Se sorprendió de que ninguno de los hombres lo supiera. Los medios habían enterrado la historia.

"Todos los pastores de las Mega Iglesias obtienen cobertura por promover las vacunas", dijo el pastor A.J.

"El expresidente, promoviendo las inyecciones, convocó un comité encabezado por 'pastora' Paula White. Incluía a todos los grandes nombres; Falwell, Jeffress, Graham, Laurie, Copeland...", dijo el pastor A.J.

"Franklin Graham dijo que Jesús y su padre se habrían vacunado", respondió un hombre de pelo oscuro con vacilación.

"Jesus *is* our vaccine!" an elderly man shot back.n

"Las iglesias se han convertido en grandes empresas", se lamentó A.J.

"El gobierno soborna a las iglesias con su 'Ley de Protección de Cheques de Pago'; les aseguro que nosotros rechazaremos cualquier centavo", dijo A.J.

"Algunas iglesias, como Lakewood, ya han recibido millones de dólares del gobierno", añadió otro hombre.

"Es una decepción relacionada con el Covid, se vuelven obligados a ayudar con las vacunas", señaló Ben.

Durante la siguiente hora, los doce hombres profundizaron en un estudio de Daniel, quien no tuvo miedo de decir la verdad al rey Nabucodonosor en Babilonia. El hijo del pastor A.J., James, oró para cerrar la reunión: "Ayúdanos a prepararnos, Señor, y confiar en que estarás con nosotros cuando seamos llamados a *hablar ante los reyes*".

Esa noche, después de terminar una llamada con un viejo amigo, Ben se lamentó con Sara: "No puedo creer que Dave y Jill se estén divorciando. Siempre fueron muy sólidos en su fe juntos, y además tienen cuatro hijos".

"Oh no! ¿Fue por las vacunas?" preguntó Sara con intuición.

"Sí, ella recibió la Pfizer hace unos meses y no se lo dijo; llevó a su hija mayor para que le pusieran la vacuna a sus espaldas", dijo Ben.

"Qué triste", una lágrima se formó en la esquina del ojo de Sara. "Podría arruinar su capacidad reproductiva".

"Los estudios realizados en Escandinavia y Europa están mostrando que los órganos reproductivos femeninos pueden resultar dañados", confirmó él.

"Mintieron sobre hacer los ensayos e investigaciones aquí en los Estados Unidos", habló en voz baja. "Le pusieron la inyección justo en su Mega Iglesia..." Ben había buscado las palabras adecuadas para referirse al divorcio de su antiguo amigo.

Dave había mencionado vivir en el norte del estado de Nueva York, donde su esposa se había negado a dejarlo entrar a la casa sin las temidas vacunas. "Estoy viviendo encima del garaje, en un desván frío y con corrientes de aire", informó. "Los Servicios de Protección Infantil y los Servicios de Salud están completamente de su lado".

" Aguanta firme, amigo", había animado Ben. "Acabamos de leer ese versículo: 'El que persevera hasta el fin, éste será salvo...'".

Por la noche, Ben recibió un mensaje de voz del Pastor A.J.: *"Finalmente estoy leyendo tus informes. Información impactante; espero discutirla antes de mi próximo sermón. Estoy dando un mensaje sobre los Nefilim en el Capítulo 6 de Génesis. Por favor, léelo. Los ángeles caídos, los demonios, "se unieron a las hijas de los hombres", lo que resultó en una raza de gigantes sobre la tierra. ¿No habría cambiado su ADN, ¿verdad?"*

Más tarde en la semana, Ben y Sara asistieron a una reunión del ayuntamiento. Había división sobre la obligatoriedad de las vacunas para los trabajadores públicos.

Los miembros del consejo estaban en desacuerdo vocalmente.

El alcalde interrumpió: "Estuve más enfermo que un perro después de una dosis de AstraZeneca. ¡Voto 'NO' en cualquier mandato!"

Sin revelar demasiados detalles, Ben habló brevemente sobre los contenidos venenosos encontrados en los viales. "Necesitamos considerar cómo estos alterarán el ADN genéticamente", advirtió.

Un patólogo denunció: "Les dan las pruebas y vacunas a las personas que luego contraen una gripe Covid, y luego buscan soluciones médicas. Los hospitales reciben toneladas de dinero para diagnosticar pacientes con Covid. Se ven obligados a administrar medicamentos letales, como el 'Remdesivir', obligados a poner a las personas en ventiladores. Los hospitales reciben aún más dinero por una muerte por Covid. Mientras tanto, los planes de tratamiento temprano que funcionan, como la Ivermectina o el HCQ natural, Hidroxicloroquina, están prohibidos".

"You people are all so selfish!" a middle-aged lady called out, "we will never reach the herd immunity unless we all *take one for the team!*"

"Las personas no son vacas", respondió el alcalde, lo que provocó una risa generalizada.

"Estamos empezando a ver signos mitocondriales con inflamación del corazón", dijo un cardiólogo delgado. "En tres a cinco años, la única solución será un trasplante de corazón..."

Una terapeuta respiratoria que Sara conocía dijo que fue despedida del hospital después de negarse a recibir las vacunas. Karin también se negó a usar los ventiladores o Remdesivir, "¡Cierran los órganos!", anunció. "Algunos de nosotros hemos contratado abogados".

Otra enfermera habló bruscamente: "Llamo al Remdesivir: ¡Corran, la muerte está cerca!"

Caminando hacia el coche después de la reunión, Sara estaba sorprendentemente optimista: "Me alegro de vivir en Mountain Rest, donde oran antes de las reuniones y votan en contra de cualquier mandato..."

"Por ahora", comentó Ben. "Todavía tenemos libertad de expresión."

El viaje a casa parecía más oscuro a través del denso bosque.

Sara recordó una conversación sombría, "Una señora cristiana que conocí allí mencionó haber asistido a una conferencia de Healing Hearts. Se sentó entre dos mujeres que acababan de recibir su primera dosis. Eran todas buenas amigas y salían juntas. Un día después del evento de dos días, ella comenzó su período menstrual. Dijo que nunca se había vacunado y estaba convencida de que era por haberse sentado entre sus dos amigas recién vacunadas. ¡Imagínate, tiene setenta años!"

"Se llama 'contagio por contacto'", murmuró Ben.

"La eliminación puede ocurrir cuando el virus vivo o las proteínas de pico de una vacuna se mueven a través del cuerpo y se 'eliminan' o liberan a través de la saliva, el moco nasal, las heces, la tos o incluso la respiración". Mañana investigaré más acerca de la eliminación de la vacuna. Ben hizo notas mentales mientras conducía. ¿Y se transmite a través de frecuencias electromagnéticas o contacto sexual?

Finalmente llegó *su día de descanso*. Ben se arrastró fuera de la cama medio dormido, buscando el molinillo de café. *Nada mejor que un sábado tranquilo con una caminata hasta la cascada más tarde. Un versículo favorito en Éxodo decía: "Guardarás el día de reposo para santificarlo, como Jehová tu Dios te ha mandado".*

La tregua fue interrumpida rápidamente al escuchar a su esposa hablando por teléfono en la terraza, "¡Eso es terrible, papá!"

Un minuto después, al verlo en la cocina, Sara le hizo señas con los brazos agitados para que se uniera a ella.

El teléfono sostenido firmemente a su lado, ella susurró a Ben: "Mi padre sucumbió a la primera inyección de Pfizer". Con una mirada abatida, le entregó el teléfono.

"Bueno, por favor, no te tomes ninguna más, papá", intervino Ben.

"Todos nuestros estudios de laboratorio han demostrado que esto es anti-salud. Tampoco es terapia génica. Como tú mismo dijiste el año pasado, no se ajusta a la definición médica de una vacuna. Y fuiste tú quien me educó diciendo, 'un virus muta demasiado rápido para que cualquier vacuna sea efectiva'".

En el almuerzo, Sara se lamentó aún más: "Aquí está mi papá, un médico, un endocrinólogo muy respetado durante más de cuarenta años, un becario de Rhodes, ¡y toma el veneno! En su nueva comunidad de jubilación elegante, le dijeron que lo tomara o se mudara".

"Y no olvides que canta en el coro de la iglesia".

"Sugerí un centro cristiano, pero él les pagó una fortuna por un contrato de atención vitalicia. Además, están exigiendo una prueba PCR semanal por la nariz", dijo ella, emocionada.

"Leí que puede romper la barrera hematoencefálica", explicó.

Por la mañana, Ben recibió un mensaje del Dr. Pidgeon en el trabajo. "La Universidad reabrirá la próxima semana", declaró.

"Todo el trabajo de investigación en el que hayas trabajado durante los cierres debe ser presentado para revisión por mi departamento", dijo el Dr. Pidgeon en un mensaje que Ben recibió en la mañana en el trabajo.

"¿No obligaron las vacunas?", preguntó con preocupación.

"Es increíble", las comisuras de su boca se curvaron hacia arriba.

"Me aprobaron la carta de exención, basada en la fe", en español.

"Entonces eso es genial, supongo... ha sido un largo y agradable tiempo juntos contigo..."

"Mi encierro favorito", sonrió.

Sara estaba dividida mientras se preparaba para dormir esa noche.

De cierta manera, estos meses juntos a solas han sido muy especiales. A Ben le gustaban sus carreras matutinas por el sendero bien cuidado del Lago Crystal. El parque estatal abandonado cercano había sido su área de juegos. Podía circunnavegar el lago en cuarenta minutos. "Es un tiempo bíblico", decía. De vez en cuando, mientras él corría, Sara nadaba en las aguas brillantes del fresco lago. De ida y vuelta antes de que él termine la vuelta. En las tardes tempranas, después de trabajar en el jardín, ella se unía a él para jugar unos hoyos de golf o para hacer una corta caminata hacia una cascada. Ben comentaba a menudo que la cocina saludable y baja en carbohidratos de Sara lo mantenía en forma; a diferencia de esas panzas en la mayoría de los hombres de su edad, ella se reía para sí misma. Lo más probable es que dejar de beber hace una década haya ayudado a mantener los años fuera de ellos.

En la cama ahora, los pensamientos de Sara volvieron a desencadenarse en el pasado. Una década había pasado, pero todavía estaba grabado en su mente. Fue su aborto espontáneo el que a menudo volvía a surgir en estos momentos.

En la cama ahora, los pensamientos de Sara volvieron a su pasado. Una década ya pasada, pero aún grabada en su mente. Eran los recuerdos de su aborto espontáneo los que solían volver en momentos como éste.

Cuatro meses y medio de embarazo. Ben la encontró en el suelo, llamando por ayuda. Mientras su vida se desvanecía, todo fue manejado en casa, con la ayuda de un vecino. Un Naturópata. En lugar de crear una brecha en su matrimonio, su recuperación sirvió para unirlos aún más y acercarlos a Dios. Su esposo había sido tan atento y amoroso. Un año de lucha contra la tristeza llevó a la toma de un fármaco antidepresivo que sólo empeoró las cosas.

En una ocasión, cuando alguien informó que su perro había muerto, la droga que alteraba su estado de ánimo habló por ella: "Bueno, entonces ya no tienes que preocuparte por Rex". Incluso podría reírse de lo que había salido de su propia boca. *En otras ocasiones, como en una cena, podría deprimirse y desear acabar con las formalidades, obligando a Ben a llevarla a casa.*

Pero a través de sus oraciones perseverantes y la lectura en voz alta de poderosas escrituras, finalmente llegó un momento transformador.

En su debilidad, Dios fue fuerte. Una noche, nuevamente en el suelo juntos en un momento sobrio y arrepentido, Dios los liberó de estos fuertes demoníacos. El Señor la había liberado de la droga adictiva y a ambos de los espíritus del alcohol, todo en esa misma noche.

Ahora, mientras Ben se deslizaba bajo las sábanas junto a ella, lo abrazó fuertemente. "Dios es nuestro gran médico", susurró. "Pero tú también eres bueno en eso..."

Ben dijo una oración y se inclinó para darle un beso de buenas noches. A veces es mejor no preguntar, pensó. A veces es mejor confiar en que Dios tiene esto controlado... "Dulces sueños, mi amor, dulces sueños..."

Capítulo 7

"Que en bendición te bendeciré, y multiplicaré tu descendencia como las estrellas del cielo", Génesis.

22:17

Temprano en la mañana, mientras Ben dormía, Sara entró corriendo en su habitación: "Ninguna de las semillas del jardín parece estar brotando, todas están enfermas", tiró de las sábanas. "Hay un hombre en Greenville que puede ayudar. Despierta, cariño, te invitaré a desayunar en el Cracker Barrel".

Sara había oído hablar del Sr. Green, el jardinero celestial, por medio de un amigo. No importó conducir las dos horas desde las montañas hasta su vivero, fuera de Greenville.

El Sr. Green estaba solo en el centro del vivero de Lush Garden. Se decía que su vivero rivalizaba con los mejores del país. *"Abuelo Green"*, como se le conocía, dijo: "He estado trasplantando y cultivando hermosos jardines durante más de 35 años, dando una planta o dos...

"Un nombre de ciudad apropiado, 'Greenville', también", se rió Ben. "¿Me pregunto por qué nadie más está aquí?"

"Durante mucho tiempo he estado compartiendo las virtudes de un jardín orgánico, Sr. Green, pero solo unas pocas de estas semillas están brotando", frunció el ceño Sara, entregándole varios paquetes de semillas vacíos.

El hombre negro mayor era de estatura baja y de constitución delgada, aunque sus antebrazos gruesos contaban una historia diferente. "Es un milagro que alguna de tus plantas se haya propagado con estos paquetes. Están genéticamente modificados", dijo.

"¿Son GMO?", Sara se echó hacia atrás. "Me dijeron que todas eran naturales".

"Naturalmente", se rió el Abuelo Green, "dicen que todo es natural ahora. Prima, tienes que leer las etiquetas ahora. Es todo basura. Si no puedes pronunciarlo, no lo compres..."

Ben intervino: "Recientemente leí un informe que indica que los alimentos procesados químicamente han causado millones de muertes".

"Entonces parece que saben lo que está sucediendo", respondió el Abuelo.

Mientras estaba en la caja registradora comprando las nuevas semillas orgánicas y plantas en maceta con instrucciones del Maestro del Jardín, Sara preguntó con calma: "¿Usted cree en Jesús, ¿verdad, Sr. Green?"

La respuesta fue: "No salgas de casa sin Él", mientras empezaba a cantar: *Bueno, me hablan de un hogar allá en el cielo, me hablan de un hogar lejos de aquí. Donde el Árbol de la Vida siempre florece y su fragancia perfuma un día sin fin*.

Sara y Ben se unieron en el último estribillo.

"Una cosa más, Sr. Green", su voz se bajó, "Usted sabe sobre estas inyecciones genéticamente modificadas, ¿verdad?" Era difícil para ella hacer la pregunta. Varias personas habían explotado para condenarla después de preguntar. *Esta vez, pensó que salió naturalmente.*

"¡TEMERARIO! ¡Temerario!" respondió, "Es el veneno de la serpiente, según mi criterio." Miró alrededor del impresionante jardín, la fragancia de lavanda llenaba el aire. "Quizás por eso solo hay un par de personas como usted en un fin de semana hermoso como este. No tiene vergüenza de decirle a la gente que permanece hecho a imagen de Dios..."

"O sus increíbles semillas dadas por Dios", sonrió Sara. "¿Está bien si lo abrazamos para despedirnos, abuelito Green?"

"Bueno, no lo hagamos una despedida permanente", él los abrazó a ambos. "Estoy seguro de que nos veremos en el cielo algún día, si no antes".

"En el día sin nubes entonces, si no es antes", Ben agitó la mano, empujando un carrito grande y cantando hasta que se subió al coche.

A la mañana siguiente, la Pequeña Iglesia Blanca tembló de nuevo con el mensaje del Pastor A.J.: "¡Una razón por la cual el país está en un desorden es porque sacaron a Dios de la escuela, de la corte y casi de cada hogar en la tierra!" bramó, "así que el Señor debe haber dicho para sí mismo..."

"Entonces, si no me quieres, te abandonaré..."

En ese momento, Sara le dio un codazo a su esposo en el banco de la iglesia y le susurró: "Mira quién está aquí". Ben escaneó la habitación: ¡Charlie! Sonrió para sí mismo. *Debe haber visto "¿La historia se basa en Génesis?" este fin de semana.*

Charlie se quedó de pie junto a la puerta principal de la iglesia, aunque Ben le hizo señas para que se acercara.

"Muchos de ustedes ya saben dónde me paro en relación con estos mandatos, protocolos y vacunas", continuó A.J. "Así que hoy mi mensaje se refiere a lo que revela la Biblia sobre esto desde el principio. Cuando Dios creó a Adán y Eva, su ADN era perfecto. Pero después de que el pecado de Satanás entrara en el mundo, el ADN se corrompió. Su pecado fue el orgullo y quería ser Dios. Al cambiar el ADN, quería jugar a ser Dios."

"Cuando la muerte entró, la información genética se corrompió. ¿Cuáles son los aspectos genéticos de la marca de la bestia? ¿Cómo planea Satanás hacer que la humanidad tome su ADN?"

"Toda la saga comienza en Génesis 3:15, en la Escritura, Dios le dice a Satanás: 'Pondré enemistad entre ti y la mujer, y entre tu descendencia y la suya; ella te aplastará la cabeza cuando tú la hieras en el talón'. Si su descendencia representa a Jesucristo, entonces la descendencia del diablo se refiere al Anticristo; tenemos que mirar la genética de eso. La encarnación. Corrupción de la imagen. La semilla."

"Cuando la Biblia habla de semilla, ¿de qué está hablando? No se trata solo de algo que ponemos en el suelo y sale una margarita. Piensa en una semilla de sandía, ¿qué es eso? Podemos sentirlo, hay una cáscara, dentro hay un núcleo, dentro de los cromosomas están los genes y el ADN."

Hay una doble hélice, ácido nucleico, ¿pero ¿qué es todo eso?

Es el hardware, es el software. El ADN es el código fuente de la humanidad. Es la esencia de la semilla a la que la Escritura se refiere con tanta frecuencia. El término "semilla" en términos modernos se llama gameto, que en un hombre es el esperma y en una mujer es el óvulo.

Por lo tanto, cuando María concibió, significó que su óvulo proporcionó 23 cromosomas y el Espíritu Santo proporcionó la semilla de Dios.

"Los hijos de Dios eran ángeles caídos, los mismos de los que hablaron Judas y Pedro, que están guardados en cadenas de oscuridad reservados para el juicio. Vinieron a las hijas de Adán y de su unión nacieron los Nefilim, creando material genético humano-demoníaco. Los ángeles caídos y los demonios son lo mismo."

"Los Nefilim, o los caídos, eran los gigantes conocidos como los Poderosos de la Tierra. Más tarde, Dios le dijo a Josué y luego a David que limpiaran a estos Nefilim de la tierra prometida. ¿Recuerdan a Goliat?"

"Dios dice que se debe reproducir según su especie y los demonios, los ángeles caídos, cuando entraron en las hijas de los hombres, rompieron este mandamiento. Cuando Satanás ve que será aplastado por la simiente de Eva, hace todo lo posible para destruir la simiente del hombre".

A.J. tomó un trago de agua, "¿Están siguiendo todo esto? ¿Podría el diablo estar intentando de nuevo corromper el ADN de la humanidad?"

"Todos las antiguas tradiciones griegas e incluso judías creen que los Nephilim eran híbridos, solo la mitad humanos. La otra mitad, demoníacos. El rey Og de Basán en la Biblia medía alrededor de 15 pies de alto, y Canaán era la tierra que *devoraba a sus habitantes*. Canibalismo."

Los habitantes eran los Nephilim y Dios llamó a la exterminación de las siete naciones cuando los hijos de Israel entraron en la tierra.

"La mezcla genética no podía ser tolerada, así como no pudo ser tolerada en los días de Noé, cuando Dios abrió todas las compuertas del cielo."

"A.J. continúa diciendo: Así que Satanás intentó destruir a toda la humanidad e intentó destruir a Jesús cuando vino a la Tierra. Gracias a Dios, falló en todos estos intentos. Y ahora nos enfrentamos a otra de estas épocas en las que el malvado está levantando su cabeza fea para cambiar el ADN del hombre, mientras que la mayoría de las personas están "festejando" como en los días de Noé."

"Entonces, ¿cuál es la respuesta? Primero, pensaría dos veces antes de tomar esto..." A.J. formó su dedo índice como una aguja pinchando en su hombro, "Recuerda ese lema: 'Di no a las drogas!'"

Sosteniendo una gran Biblia, leyó:

"Cuando mi pueblo, sobre el cual se invoca mi nombre, se humille y ore, y busque mi rostro y se aparte de sus malos caminos, entonces yo oiré desde los cielos, perdonaré sus pecados y sanaré su tierra", dice el Señor en 2da de Crónicas. 7:14.

"¿No está diciendo Dios que necesitamos arrepentirnos de todos nuestros caminos malvados en este pasaje?" Acariciando su barba, el pastor parecía mirar a través de la habitación directamente a Charlie. "Entonces, ¿quién tomará nuestro pecado cuando pidamos perdón?"

"¡Jesús!", respondió una anciana pequeña que llevaba un sombrero rosa.

A.J. mostró una gran sonrisa extendiendo sus brazos hacia los lados, "Se llama la 'Buena Nueva', el mensaje del Evangelio. Jesús murió en la cruz por nuestros pecados, resucitó al tercer día del sepulcro, ascendió al Cielo y se sienta a la derecha de Dios Padre. Y...." haciendo una pausa dramática mientras seguía extendiendo sus brazos, terminó, "¡Jesús de Nazaret, Rey de Reyes y Señor de TODOS los Señores, ¡volverá de nuevo para todos aquellos que creen en Él!"

"¡Amén, Pastor!" sonrió la mujer con sombrero rosa.

Después del servicio, A.J. agradeció a Ben por sus informes, "Me ayudaron con el mensaje de hoy". Luego, discerniendo que Charlie los conocía, sugirió: "Espero que tu amigo no se haya ido enseguida por mi culpa, la Palabra a menudo corta como una espada..."

Esa noche, Ben tenía grandes noticias, "Están organizando una conferencia de una semana con todos los profesionales médicos que se oponen a la narrativa y los protocolos. Nos han pedido que asistamos con todos nuestros gastos pagados". La Conferencia de Libertad Médica se reuniría en Cozumel, una pintoresca isla frente a la costa caribeña de la península de Yucatán. Estaba compuesta por aquellos médicos y científicos de la libertad alineados con la verdad médica.

"¿Una de esas conferencias médicas aburridas?" frunció el ceño Sara.

"Oh, se me olvidó mencionar, es en una isla en el Yucatán."

"¿Por qué el Yucatán?", preguntó ella.

"Volamos a través de Cancún, México. Es el único lugar en la Tierra que permanece abierto sin restricciones de Covid: sin mascarillas, sin pruebas, sin vacunas", dijo Ben.

No fue difícil para Ben reclutar a su esposa para asistir después de explicar que sus tardes estarían libres. Podrían practicar snorkel, explorar las ruinas mayas o relajarse junto a la piscina.

"Estarán perfectas las cálidas aguas turquesas del Caribe después de este período frío que estamos teniendo", dijo soñadoramente.

Al amanecer, Sara bajó corriendo las escaleras para revisar sus camas de jardín. Habían pasado varias semanas desde que plantó las semillas orgánicas, seleccionadas a mano por 'Abuelo Green'. ¡Para su deleite, la mayoría de las variedades de verduras estaban germinando! Pequeños tallos rectos y brillantes hojas verdes proliferaron en el suelo.

Mientras cuidaba del jardín y arrancaba algunas malas hierbas, pensaba en qué empacar para el próximo viaje a Cozumel. *Sería un gran alivio de las cuarentenas y del miedo que percibía en los ojos de los demás, "Con las máscaras, todas las sonrisas desaparecieron de la noche a la mañana..." Ben asistiría a la mayoría de las sesiones con otros profesionales médicos, lo que le daría tiempo durante el día para relajarse, leer, nadar y orar. Sus tardes estarían libres para explorar. Ben había prometido "un momento especial para nuestro matrimonio..."*

De repente, Sara fue sorprendida por un grito espeluznante que la sacó de su ensoñación tropical. Era la voz de una mujer. La cabeza de Sara se volteó hacia la casa de su vecino después de escuchar un fuerte "¡No!" que atravesó el aire.

Dejando su pala, corrió rápidamente hacia la casa de al lado. Con cautela, miró a través de la puerta delantera abierta y preguntó "¿Está todo bien ahí dentro?" Al escuchar sollozos provenientes de la cocina, entró con precaución y se encontró con un sonido desgarrador. Lady Lee, su vecina, yacía boca abajo en el suelo de la cocina. Había un pequeño charco de sangre seca cerca de su cabeza.

Una mujer arrodillada a su lado gimoteaba. Limpiándose las lágrimas del antebrazo, miró a Sara y musitó: "Me temo que se ha ido. He estado tratando de llamar a Lee los últimos días. Soy su hermana, Miriam".

Aferrándose al cuerpo, respiró: "Aunque vivo al otro lado del estado, hemos mantenido una estrecha relación. Llamaba casi todos los días".

Ben ahora estaba parado en la puerta de la cocina. "Escuché el grito", dijo, "Ya llamé al 911".

Sara conocía a la hermana de Lee, "Miriam la enfermera", así que pensó que era mejor no verificar los signos vitales.

Instintivamente, sin embargo, Ben se arrodilló y miró alrededor de la habitación. "Debe haber tenido un derrame cerebral mientras estaba parada en el fregadero", dijo. "Habría golpeado su cabeza con un gran impacto en las baldosas después de caer. Trágico..."

Después de que la ambulancia y el forense se marcharon, Sara y Ben se quedaron para consolar a Miriam. "Voy a hervir un poco de té", dijo Sara suavemente.

Sentado en una vieja silla de punto de aguja, Miriam se movió inquietamente mientras buscaba en un gran bolso. "¡Lo sabía!" se enfureció, "Le dije que no lo tomara." Luego se quedó inmóvil.

Ben y Sara permanecieron inmóviles en el viejo sofá, agarrados de las manos, fijando sus ojos en ella en busca de claridad.

"Una semana atrás, Lee me llamó acerca de tomar esta inyección de ARNm que llaman la vacuna", dijo Miriam mientras sostenía un trozo de papel que encontró en el bolso. "Esta tarjeta de vacunación muestra que recibió la inyección hace dos días. La advertí, la advertí", añadió con tono de indignación.

"Las proteínas de pico de Covid deben haber penetrado la barrera hematoencefálica casi de inmediato, causando el derrame cerebral cuando llegó a casa", sugirió Ben clínicamente.

Sara apretó su mano interrumpiendo: "Desafortunadamente, nosotros mismos vamos a una conferencia médica en unos días, pero por favor, háganos saber si hay algo que podamos hacer para ayudar. ¿Le gustaría que oremos por usted y su hermana ahora mismo?"

"¡Bueno!" Miriam se relajó ahora. "Nuestros padres nos llevaron a la iglesia algunas veces. Sí, por favor; a Lee le habría gustado eso".

Sara despertó repentinamente la noche antes de volar a la conferencia en la isla y dijo: "Soñé que iban a intentar algo, como separarnos en el aeropuerto", y despertó a Ben.

Groggy, él la hizo repetir el sueño dos veces. "Tal vez sea una advertencia sobre las inyecciones". Ben escribió una nota para tomar su identificación del laboratorio universitario por la mañana, antes de dirigirse al aeropuerto. *Por si acaso...*

Capítulo 8

"Siendo renacidos, no de simiente corruptible, sino de incorruptible, por la palabra de Dios," 1 Pedro 1:23.

En la taquilla por la mañana, el agente de Copa Air dijo algo con firmeza en español. Ben y Sara se miraron mutuamente sabiendo, después de escuchar *"Pasaporte de Vacuna"*.

"Quieren nuestro pasaporte de vacuna", frunció el ceño Ben. "Tal vez sea porque nuestro vuelo de conexión es en Centroamérica". Con la advertencia del sueño de Sara, él mostró su cordón médico que llevaba alrededor del cuello.

"No es obligatorio, mi esposo es investigador medico, y recibio' vacunas cuando eran bebes," Sara dijo.

El agente de la taquilla lucía desconcertado, pero asintió y les entregó las tarjetas de embarque.

"¿Qué le dijiste?", preguntó Ben esquivando a la multitud.

"Le dije que eras médico y que ambos fuimos vacunados cuando éramos bebés, luego le mostraste tu tarjeta de cordón médico", respondió Sara en español.

"Bueno, lo que sea que funcione", respondió aliviado, "Me quedo contigo. ¿Dónde aprendiste ese 'buen español'?", preguntó en español.

"¿Recuerdas mi viaje a Rosarita con el grupo de jóvenes? Cinco años en escuela española".

"¿Qué?" se desconcertó él, "¿Cinco años con un pez?", preguntó en español.

"Eso es *pescado*", le dio un golpecito. "Yo tuve cinco años de escuela. Tal vez dormiste durante tus clases de español", dijo Sara en español.

"Si!" el asentó.

En el avión, se requerían mascarillas, pero encontraron un *vacío legal*. "Nadie nos molesta cuando estamos comiendo", analizó él.

Mientras Sara dormía, Ben estudió cómo el Foro Económico Mundial se reuniría en Davos, Suiza, con la Organización Mundial de la Salud y algunos de los más poderosos de la élite mundial para avanzar en su Agenda de Un Mundo. *Una gran diferencia en comparación con nuestra conferencia de Libertad Médica que se llevaba a cabo al mismo tiempo*, concluyó.

"Los agentes del vuelo y de aduanas fueron muy fáciles", dijo Sara mientras caminaba rápidamente hacia el área de reclamo de equipaje.

"Sí, pero nos estaban molestando en el mostrador de check-in de la aerolínea. Aquí no hay requisitos de viaje para las vacunas, pruebas o incluso las mascarillas", respondió él en español.

Después de llegar al hotel que hospedaría la conferencia, tomaron una larga siesta antes de salir a explorar. El complejo insular parecía incluso más bonito de lo que esperaban. Los exuberantes jardines tropicales estaban llenos de brillantes flores rojas de hibisco y aves del paraíso. Los frescos aromas de jazmín inundaban el aire. Notaron que la gran zona de la piscina estaba virtualmente vacía. Parecía como si, con los cierres, tendrían todo el resort para ellos solos.

"Es todo un dilema", pensó Ben, *"aquí estamos disfrutando con tanta libertad, mientras que el resto del mundo está detrás de las rejas"*, reflexionó.

Al regresar a su suite en el séptimo piso, una gran terraza ofrecía impresionantes vistas de las aguas turquesas del Caribe. Sara comentó: "Un poco te hace sentir culpable, ¿no?"

"Ni un poco", rió Ben, mientras buscaba en su maleta un traje de baño.

For Ben, mornings were filled with lectures and breakout sessions. Replete with lively discussion on the recent *Medical Tyranny*, as many doctors and scientists labeled the pandemic protocols.

Afternoons were spent walking, snorkeling and sailing.

At dusk, the beach boardwalk was filled with festive lights and savory aromas of the Mayan cuisine. It flooded out of every open-air kitchen. No one wore masks or seemed very concerned.

One local restaurant owner spoke in a heavy accent explaining, "We don't have time to watch TV—we don't know to be sick," he laughed.

Another young busboy simply said, "Not possible to be sick. I have a wife and baby at home to feed." Sara and Ben enjoyed passing out their Little Bibles in Spanish, to the locals who were so thankful.

En las reuniones iniciales, muchos médicos destacados hablaron sobre los aspectos técnicos de las vacunas de ARNm y sus inconvenientes. Varios conocían las toxinas que Ben descubrió en el informe Cole. También compartió algunas de sus propias y sombrías investigaciones.

No muchos habían comenzado a ver la agenda más grande de despoblación, ni los aspectos espirituales de estas inyecciones. Que la semilla de la humanidad estaba en peligro; que la preocupación más grande era que la humanidad permaneciera Creada a Imagen de Dios.

Un médico destacado comenzó diciendo: "Seamos realistas, estos son armas biológicas. Sería vergonzoso si no sonamos la alarma".

El Dr. Robert Malone, el inventor del ARNm en las vacunas, se opuso firmemente a su uso ahora, diciendo: "Los propios documentos internos de la compañía farmacéutica revelan que el ARNm nunca debió haber sido aprobado para uso de emergencia, ya que causan daño en todos los niveles de edad".

Al mismo tiempo, los médicos de la Libertad se reunían en Cozumel, la Cumbre del Foro Económico Mundial se reunía en Davos, Suiza. Contó con una participación récord de muchos de los oficiales gubernamentales y corporativos más poderosos. Varios médicos vieron la apertura una noche a través de un enlace enviado por el sobrino de Ben.

El presidente ejecutivo de Davos, Klaus Schnob, hizo un llamado a los líderes mundiales para que se unan y aborden problemas globales como la pandemia, el cambio climático, el comercio y la interrupción económica. Él enfatizó que un Gobierno Mundial debe formarse lo antes posible.

"El impacto de la Cuarta Revolución Industrial acelera el cambio global de una manera mucho más integral y rápida que las revoluciones industriales anteriores", dijo Schnob a los líderes mundiales reunidos. Él enfatizó el uso de vacunaciones masivas en todo el mundo.

Ben se dio cuenta de que no era por accidente que Schnob se refiriera a la "Cuarta Revolución Industrial", después de leer Daniel 7:

"La Cuarta Bestia: Habrá un cuarto reino en la tierra que será diferente de todos los reinos anteriores; devorará toda la tierra, la pisoteará y la aplastará".

Lo llamaron "El Gran Reinicio", pero esto fue calculado. Schnob describió la pandemia como una oportunidad rara. "El mundo tendrá daños en nuestras economías y sociedades debido a COVID-19. Debemos aprovechar esto para el control global", dijo.

"¡No tendrás nada y serás feliz!" fue otro eslogan lanzado por la élite indiferente. Otro de sus portavoces jóvenes y homosexuales, Yuvale Herari, un profesor israelí, mencionó casualmente el fin de los homos sapiens a través del transhumanismo.

"Un rabino mesiánico respondió diciendo:

"Los líderes que buscan la gloria de Dios y saben que su mandato proviene de Él, tienen éxito y traen luz al mundo. Otros rechazan al Señor. Inevitablemente traen oscuridad al mundo. *Si Klaus Schnob realmente quisiera ayudar a las personas, es simple. La respuesta está escrita en la Biblia. Son ricos mientras que otros en el mundo son pobres y están muriendo de hambre. ¿Se preocupan por las personas? No, se adoran a sí mismos",* dijo el rabino mesiánico.

En Davos, asistieron numerosos jefes de estado y funcionarios públicos. Hubo ministros de finanzas, gobernadores de bancos centrales, jefes de organizaciones globales, de las Naciones Unidas, del Fondo Monetario Internacional y de la Organización Mundial del Comercio. Asistieron 600 CEO y 1000 ejecutivos de 700 de las corporaciones más grandes del mundo.

Cientos de jets privados malgastaron combustible para que la élite pudiera mezclarse con líderes y celebridades de todo el mundo. Utilizaron la narrativa de la pandemia, la charla sobre la crisis climática mundial y las guerras mundiales, para alimentar sus malvados planes.

Según el abogado de la conferencia que Ben conoció, la élite global ya estaba ganando miles de millones de dólares de la crisis que ellos mismos habían creado.

Esa noche, durante la cena, Sara imaginó a los líderes de Davos comiendo caviar mientras bebían coñac añejo y botellas de vino que costaban miles de dólares cada una. Se sintió enojada al pensar en ello. *"Me hace hervir la sangre por los niños",* dijo.

En el extremo opuesto, la Conferencia de Libertad Médica de Ben, que se llevaba a cabo en Isla Cozumel, se realizaba en el pintoresco salón de banquetes del El Cid, un antiguo complejo maya junto al mar.

Las altas ventanas de cristal ofrecían una vista espectacular del Mar Caribe. Ben contempló un catamarán que pasaba. *A veces hace que sea un poco difícil concentrarse en los hallazgos de laboratorio.*

El Dr. Derek Stein, un científico clínico, tomó el podio para presentar sus resultados: "Probamos 1500 muestras de Covid supuestamente positivas con el virus. Mi equipo de laboratorio hizo las pruebas a través de postulados y observación, utilizando un microscopio electrónico de barrido. No encontramos Covid en ninguna de las 1500 muestras. Descubrimos que todas las 1500 muestras tenían o Influenza A o Influenza B, pero no un solo caso de Covid".

No usamos el PCR falsa, la prueba de la reacción en cadena de la polimerasa. Luego enviamos el resto de las muestras a Cornell, Stanford y varios otros laboratorios universitarios, quienes encontraron los mismos resultados: *¡No hay Covid!*

"Llegamos a la conclusión firme después de toda nuestra investigación y trabajo de laboratorio, que el Covid-19 es imaginario y ficticio."

La gripe se llama Covid. La mayoría de los que mueren lo hacen debido a condiciones de salud previas, *comorbilidades.*

Después de recibir las vacunas o pruebas, con un sistema inmunológico debilitado, mueren a causa de cáncer, accidentes cerebrovasculares, ataques cardíacos, diabetes o enfisema. Los protocolos hospitalarios, como la ventilación o el uso de medicamentos como el Remdesivir, los ayudan a matarlos.

El Dr. Stein amplió: "Hasta ahora, ningún investigador o científico en todo el mundo ha descubierto una sola muestra viable de Covid-19 para trabajar. Las siete universidades que han probado estas 1500 muestras están demandando al CDC por fraude de Covid-19. La gripe se llama Covid para crear una 'Plannedemia' llena de mentiras del gobierno, miedo y muerte. El objetivo es hacer que todo el planeta tome estas inyecciones de veneno nefastas", frunció el ceño.

En un descanso de la conferencia por la mañana, Ben dio un paseo rápido por el muelle del océano. Varios de los médicos estaban discutiendo los cruceros, en cuarentena, anclados en la bahía.

Ben escuchó a uno de ellos mencionar: "Están ocultando la radiación de microondas 5G en esas grandes bolas blancas redondas en la parte superior de los cruceros, ¡ahí!" Señaló varias torres ocultas. "Lo que ellos llaman 'Covid' a menudo es enfermedad por radiación".

En una de las sesiones de la conferencia, la Dra. Northrup y la Dra. Madej informaron que se habían puesto en contacto con clínicas de fertilidad, quienes dijeron que nunca habían visto algo así.

"El esperma de los hombres inoculados no nada, y los óvulos de las mujeres inoculadas no se convierten en embriones", informó la reconocida obstetra y ginecóloga Christine Northrup durante una de las sesiones del día.

"Y aquellos que sí se convierten en embriones, tienen una enorme cantidad de contaminación con material no orgánico", encontró nuestra colega, la Dra. Carrie Madej.

La doctora Northrup señaló hacia la pantalla de proyección y dijo: "Según el primer estudio del New England Journal of Medicine, y al comparar los datos actuales en bruto, se demuestra que el 80% de las mujeres que recibieron la inyección en el primer y segundo trimestre del embarazo tuvieron una tasa de abortos espontáneos del 80%. La tasa de abortos espontáneos previa era de uno de cada seis. Ahora es de 7 a 8 veces esa cantidad".

En otro mensaje clave, el Dr. Sean Brooks, un médico mayor de Oxford, afirmó: "El Dr. Robert Malone, quien creó el ARN mensajero en las vacunas, dijo que nadie debería nunca recibir estas inyecciones, en ninguna circunstancia. Él la creó, y él dice 'Nunca lo hagas'. Permítanme darles tres razones por las que. Primero, las inyecciones disminuyen drásticamente el sistema inmunológico en más del 35%.

"Si te pones refuerzos de la vacuna, morirás con una mortalidad menor. Eso es todo. Cuando alguien se pone la vacuna contra la gripe, ahora contiene ARN mensajero y acortará su vida". El médico de Oxford no tenía pelos en la lengua.

"La segunda razón es la 'Mejora Dependiente de Anticuerpos'. Engaña a todo el cuerpo haciéndole creer que la célula que está comiendo el patógeno lo está haciendo, cuando no es así. Termina llevando a lo que se llama una 'tormenta de citoquinas'. Esto causa fallo orgánico. No hay forma de detener este proceso una vez que comienza. Ninguna cantidad de medicamentos farmacéuticos lo detendrá."

"La tercera razón es la coagulación sanguínea. Muchas personas que reciben las inyecciones ahora muestran signos de coagulación. ¿No me crees? – puedes comprobarlo por ti mismo con una prueba sencilla. Se llama prueba de Dímero D. Detecta la coagulación sanguínea a nivel microscópico. En este momento, mientras te hablo, están extirpando coágulos sanguíneos completos de las personas. Millones ya están muriendo por estas 'Inyecciones Coágulo'. El gobierno, las compañías farmacéuticas y los medios de comunicación están haciendo todo lo posible para encubrirlo."

"Entonces, a los padres que están considerando ponerles la inyección a sus propios hijos: pueden esterilizarlos permanentemente", suspiró.

"Están esterilizando a los humanos. Tenemos que hacer lo correcto y despoblar a aquellos que están promoviendo esta agenda malvada", dijo el Dr. Brooks, mirando de reojo a la multitud y caminando hacia el borde del escenario, literalmente levantando sus manos en el aire. "¡Detengámoslos!", terminó de hablar, mirando directamente a una cámara de video.

Más tarde ese día, en la habitación, Ben mencionó todas las maldades descubiertas a raíz de las inyecciones. Sara respondió: "Parece que necesitas relajarte. Ya reservé un par de bicicletas para dar un paseo al atardecer por la isla".

Minutos después, estaban recorriendo el carril bici junto al escénico mar Caribe. Ambas bicicletas llevaban neumáticos gruesos y azules. La suya tenía una cesta rosa en la parte delantera con deliciosas golosinas.

"Tenemos toda la isla para nosotros", ella abría el camino. Pronto, habían circunnavegado hacia el lado de barlovento de la Isla. Las olas más grandes bailaban altas en la luz del sol de la tarde, efervescentes con un espectro de colores; brillando con esmeralda, lavanda y oro. "¡Las puntas de las olas están brillando!", ella sonreía.

"Nunca he visto algo tan hermoso," respondió Ben, "además de ti..."

"Oh Ben," ella tomó su mano y lo atrajo hacia las olas, sacándolo de la bicicleta.

"¿Quieres que nos metamos con la ropa puesta?"

Momentáneamente, se detuvieron en la arena blanca al borde del mar, escuchando el estruendo de las olas. La espuma blanca se elevaba hasta sus rodillas. Sin preocupaciones, Ben se quitó su camisa hawaiana y se sumergió de cabeza en las aguas turquesas. Sara lo siguió ansiosamente con su vestido de flores brillantes.

En el vaivén del océano, los pensamientos sobre el ARN mensajero y las proteínas de pico fueron arrastrados por las aguas agitadas.

Al día siguiente, en el interior de la sala de conferencias, la pediatra de Canadá, Dra. Rosalyn Jones, informó sobre más malas noticias: "Como médicos, tenemos que equilibrar el riesgo de una enfermedad con el riesgo de una peligrosa 'vacuna' experimental. El riesgo de contraer este virus prácticamente desaparece en los niños. En cambio, los riesgos de la vacunación contra el Covid son mayores cuanto más joven es la edad. Las vacunas son más mortales para los niños".

"Por ejemplo, la vacuna AstraZeneca ha sido retirada en muchos países debido a la aparición de peligrosos coágulos sanguíneos. La vacuna Pfizer ha sido relacionada con miocarditis, o inflamación del corazón, lo que se convierte en una sentencia de muerte por sí sola", informó la Dra. Rosalyn Jones, pediatra de Canadá, en la sala de conferencias al día siguiente.

"En los jóvenes, las toxinas se acumulan en los testículos y ovarios, lo que a menudo provoca infertilidad. El riesgo de la vacuna es mayor que el riesgo del virus en sí mismo. ¡Por favor! Soy una abuela", suplicó con un tono más suave, "No podemos sacrificar a nuestros hijos y la próxima generación".

Uno de los oradores clave en la conferencia fue el Dr. Zelenko, quien había atendido al presidente Trump mientras se recuperaba de lo que el médico denominó un "arma biológica". Con barba y cabello espeso, el famoso médico judío informó que había utilizado ivermectina, zinc, vitaminas C y D, una aspirina diaria y luego hidroxicloroquina natural semanalmente después del tratamiento.

"¡Hemos compartido este método de tratamiento con muchos de ustedes en la comunidad médica, y me complace informar que hemos tratado con éxito a más de treinta y cinco mil pacientes de Covid!", dijo radiante el Dr. Zelenko.

Por la tarde, un profesor de Botánica y ciencias de las plantas de la Universidad Trinity Western, en B.C., dio una conferencia advirtiendo sobre el suministro de alimentos. El hombre de cabello largo y desaliñado dio la espalda a los asistentes mientras se dirigía a una gran pantalla de video llena de datos científicos.

En un tono monótono nasal, dijo: "¡La campaña mundial para vacunar a todos los hombres, mujeres y niños de la tierra va directo a su plato! Un grupo de investigadores de UC Riverside y San Diego está investigando formas de convertir sus comestibles en vacunas de ARNm, para propagar proteínas de pico de coronavirus en toda la cadena alimentaria. Quieren engañar a la población mundial y a aquellos que se resisten a estas vacunas experimentales. Los llaman 'vacilantes de la vacuna'".

"Este experimento podría llevar a un nuevo paradigma de vacunas en el que las grandes farmacéuticas tienen un control completo sobre el suministro de alimentos. ¿Es por eso por lo que Billy Bates es el principal inversor en cultivos transgénicos? Él está liderando la implementación de la vacuna. Ha estado comprando la mayoría de las granjas orgánicas en los Estados Unidos desde el inicio de la pandemia de Covid, sin ninguna supervisión del Departamento de Agricultura o los medios de comunicación. Bates es ahora el propietario de la mayoría de las tierras de cultivo en el país", dijo el profesor de botánica y ciencia de las plantas de Trinity Western en B.C. en una voz nasal monótona, mientras se daba la vuelta hacia una gran pantalla de video llena de datos científicos, dirigiéndose a los asistentes de espaldas.

El joven botánico se volvió y buscó las caras en la sala, haciendo varias preguntas pertinentes. "¿Se compondrá el suministro de alimentos de comida para gusanos para las personas y estará contaminado con semillas de OGM/mRNA? ¿Se usará para administrar vacunas? ¿Nos dirigimos hacia la hambruna como advierte la Biblia?"

Ben vio a Sara observando desde atrás y la saludó para que se sentara con él.

"Con una subvención de la Fundación Nacional de Ciencias, ya se han iniciado experimentos en lechuga, espinacas y maíz, con la intención de desarrollar una nueva especie de vegetales que vacunen a las personas diariamente y sean considerados menos invasivos que una aguja clavada en el brazo", dijo el joven botánico.

"Un hospital en Ottawa ya está probando el primer prototipo. Esta vacuna comestible expresa antígenos virales dentro de las plantas de espinaca y lechuga. En un nivel más profundo, quieren vacunar a la gente sin que ellos ni siquiera lo sepan. La gente se muestra reacia a recibir más vacunas, así que ahora van a convertir alimentos sanos y curativos en armamento biológico, o usar un parche nano. Los globalistas quieren que las vacunas contra el Covid se propaguen por toda la cadena alimentaria, alterando para siempre las semillas naturales dadas por Dios a semillas tóxicas. "Tenemos que recordar la compasión hacia los inocentes en esto", añadió el joven botánico, dirigiéndose a la audiencia."

El botánico mostró unos ojos azules brillantes, "Seamos realistas, un tomate modificado genéticamente sabe terrible, no tienen sabor. También se eliminan las semillas en muchos de estos frutos. No quieren que nadie tenga un jardín orgánico ni que cultive sus propios alimentos saludables".

"Además, también planean vacunar a los animales con mRNA. La cena de Acción de Gracias nunca será la misma", se burló. El joven botánico terminó con una súplica: "¡Oremos por una intervención divina!"

Este joven evidentemente tiene una fe fuerte, discernió Ben.

Sitting in on the session, Sara whispered in Ben's ear, "Quizás podamos llevar a este joven a cenar y animarlo", dijo Ben.

"Sin embargo, no pidamos ensaladas," bromeó Ben, cariñosamente, apretando suavemente la mano de ella.

A la mañana siguiente, el prominente senador estadounidense Paul Rand dio un mensaje televisado en vivo desde su oficina del Congreso. Como ex cirujano, encabezaba un comité que investigaba la pandemia. Habían descubierto que el jefe del Instituto Nacional de Salud, el Dr. Fauci, estaba desviando fondos federales. Bajo la cobertura llamada 'Ganancia de Función', aparentemente apropiaron fondos y proporcionaron un virus creado en laboratorio para establecer una clínica en Wuhan, China.

Fausti había sido atrapado mintiendo al Congreso varias veces, bajo juramento. Incluso con esto, el Senador Rand se quejó de que no podía presentar cargos formales por desacato al Congreso.

"El comité selecto que lidero está enfrentando a las agencias farmacéuticas y médicas nacionales que reciben miles de millones de dólares de fondos del gobierno", declaró el senador Rand. "La oposición está haciendo que el proceso avance lentamente: se trata de un sistema de 'Paga para jugar' con la industria farmacéutica. La mayoría de los miembros del Congreso reciben dinero sucio. La mayoría de los legisladores están comprometidos con los grupos de presión y los intereses de grandes empresas."

"Los tribunales pueden ser una mejor alternativa para remediar esto. Esto se refiere a la Primera Enmienda y la libertad de expresión", su discurso se desaceleró, "La semana pasada fui atacado afuera de mi oficina". El senador mostró su muñeca vendada a la cámara.

"Hay una campaña difamatoria en los medios para cualquiera que tenga opiniones opuestas, como yo, o presumiblemente su grupo", dijo el Senador.

"Como ex cirujano cardíaco, puedo decirles que creo que muchos de los que reciben las vacunas experimentales desarrollarán enfermedades mitocondriales y autoinmunitarias debido a las proteínas de pico liberadas por el ARNm. Sigamos presionando para exponer esta tragedia sin importar qué. ¡Que Dios los bendiga a todos!"

"En el último día de la conferencia, el organizador del evento llamó temprano a Ben: 'Teníamos un invitado especial programado para hablar en la sesión de la mañana. Su avión desde Europa está llegando tarde. ¿Podrías por favor llenar el espacio con una actualización sobre algunos de tus hallazgos?'"

"Sin preparación, Ben estaba indeciso. Luego, con una urgencia en su espíritu, aceptó compartir lo que estaba en su corazón. Saltarse el desayuno era un patrón habitual, así que pasó una hora escribiendo ideas e investigando en su propia libreta."

"A las nueve en punto de la mañana, Ben tomó la palabra y compartió algunas nuevas investigaciones, intentando mantener la calma. Al notar a un hombre mayor observando desde las alas del escenario, la sangre de Ben comenzó a bombear. Era el Dr. Luc Montagnier. El virólogo francés había recibido el Premio Nobel por descubrir el virus de la inmunodeficiencia humana (VIH). Fue uno de los primeros científicos en decir que el virus de Covid fue creado artificialmente en un laboratorio."

"Abandonando sus notas, Ben se movió en el espíritu. 'Esta semana escuchamos que no son vacunas. Son modificadores de ADN con deficiencias autoinmunitarias e infertilidad.'"

"Cuando estudiamos todas estas estructuras bajo un microscopio electrónico, los viales contenían nanocintas de grafeno, hidrogeles de darpa, nanotecnología de autoensamblaje, parásitos, ADN quimera y luciferasa, para posible marcado y seguimiento."

"La CDC y la FDA ignoran la inmunidad natural ahora. ¿Dónde está la financiación para estudiar estas toxinas? Durante toda la semana hemos escuchado sobre efectos secundarios, dolencias físicas e incluso muertes causadas por las inyecciones."

"Tenemos que cuestionar por qué están instalando tantos transmisores 5G, originalmente diseñados como un sistema de armas. ¿Por qué están rociando los cielos con metales tóxicos?"

"No hemos discutido el por qué. No hemos procesado las implicaciones espirituales." Ben se detuvo, dándose cuenta de que todos los ojos estaban fijos en sus próximas palabras.

"Recogiendo sus pensamientos, procedió metódicamente: 'Escuchen, mi abuelo estuvo en la primera línea durante la Segunda Guerra Mundial, como soldado en la Batalla del Bulge. Al final de la guerra, ayudaron a los judíos que aún estaban vivos en Dachau. En mi juventud, a menudo escuché a mi abuelo decir: 'Los muertos vivientes salían de los campos de concentración durante millas'. Realmente me impactó. Eran como esqueletos, dijo. ¿Cómo podía alguien hacer algo así? Estaban los temidos nazis, pero también había miles de médicos, científicos y enfermeros involucrados.'"

"Ben bajó la cabeza: 'Para un creyente, los judíos temerosos de Dios eran el pueblo elegido de Dios; desde Abraham, Isaac y Jacob. Desde el rey David, que mató al gigante Nefilim Goliat, hasta el Mesías, Jesús. El Holocausto fue un genocidio, fue una despoblación. Tenemos que considerar esto: ¿no está sucediendo de nuevo?'". Haciendo una pausa, alcanzó un control remoto.

"Normalmente, les mostraría nuestros hallazgos de laboratorio en las pantallas aquí, pero creo que hemos establecido la toxicidad mortal de estas vacunas. Lo que ven aquí son fotos de campos de concentración. Estos no son los campos de exterminio de la Segunda Guerra Mundial, estos son campos de Covid. Están sucediendo en este momento. En China, más de un millón de personas están internadas."

"En Australia, Canadá y en los Estados Unidos, se están construyendo supuestamente campos de la FEMA. Escuchen, ¿están arrestando a aquellos que se niegan a tomar las inyecciones de ARNm?", preguntó frunciendo el ceño.

"¡Tenemos que darnos cuenta de que van a culpar de las muertes causadas por las vacunas a los no vacunados!", enunció.

Tomando una respiración profunda, Ben procesó su propia declaración improvisada, "Van a culpar de las muertes causadas por estas vacunas a los no vacunados". "Sabes que soy un epigenetista de corazón", balbuceó. "Dar una charla como esta realmente no es mi área..."

"¡Sigue adelante, lo estás haciendo bien!" Gritó el Dr. Zelenko en señal de ánimo. Ben giró la cabeza hacia el sonido. El Dr. Zelenko estaba parado junto al Dr. Montagnier, esperando en las alas del escenario.

"¿Alguna vez has oído hablar de las Piedras Guía de Georgia?" Preguntó Ben vacilante. "Mi esposa y yo vivimos justo al otro lado de la frontera de donde están en Georgia. Estos monolitos de granito a menudo se llaman 'el Stonehenge de América'. Pero después de verlos en persona, la mayoría de la gente creyente los llama 'Los Diez Mandamientos del Diablo.'"

En la gran pantalla de video, Ben publicó una foto con las escrituras de uno de los monolitos altos. "El primer 'mandamiento' lo dice todo", decía: Mantener a la humanidad por debajo de 500,000,000 en equilibrio perpetuo con la naturaleza. "¿Lo ves?", dijo Ben en voz baja, escaneando la habitación. "Lo llaman conspiración, pero hemos sido testigos de estas palabras de primera mano; Mantener a la humanidad por debajo de 500,000,000 ... Entonces, ¿este es verdaderamente su objetivo, reducir la población mundial en más del noventa por ciento?" Varios en la multitud respondieron afirmativamente.

"Un pensamiento final", habló Ben con más confianza ahora. "En Bélgica, convocaron los juicios de Nuremberg después de la Segunda

Guerra Mundial. Enjuiciaron a muchos científicos y a aquellos responsables de sus experimentos malvados en humanos. Muchos de ellos fueron ahorcados por sus acciones malvadas. Tal vez sea hora de comenzar estos enjuiciamientos de nuevo", terminó solemnemente.

Una persona comenzó a aplaudir en un ritmo constante. El único sonido provenía de la dirección de Sara. Luego, para salvar el momento incómodo, el Dr. Luc Montagnier y el Dr. Zelenko comenzaron a aplaudir, viniendo desde un costado del escenario hasta el podio.

Con una repentina determinación, cada uno agarró uno de los brazos de Ben desde cada lado, levantándolos juntos para formar un saludo de victoria.

Toda la multitud se levantó instantáneamente aplaudiendo. Ben se ruborizó, ya que el efecto rítmico del prolongado aplauso parecía mantenerlo como rehén en el escenario.

Cuando Ben abandonó el podio, el Dr. Luc Montagnier, de ochenta y siete años, le dio una palmada en la espalda y tomó su lugar.

El Dr. Luc dio una breve charla para concluir las cosas. Habló con un fuerte acento francés: "Este coronavirus, SARS-CoV-2, fue fabricado y filtrado desde un laboratorio en Wuhan, China, con ADN de VIH y SIDA". El famoso genetista había recibido el Premio Nobel por descubrir el VIH y las deficiencias autoinmunitarias.

El Dr. Luc compartió cómo habría consecuencias terribles para la vacunación masiva: "Las esperanzas de vida se acortarán drásticamente".

Una expresión severa se apoderó de su rostro agreste: "Les advierto a los médicos responsables del futuro de la humanidad, si alguno de ustedes sigue administrando estas inyecciones a pacientes confiados".

"Para cualquiera de ustedes que se haya puesto estas vacunas de cambio genético, vayan y háganse una prueba de VIH. Los resultados pueden sorprenderlos. Luego demanden a su gobierno...".

La declaración final del Dr. Montagnier al grupo resumió bien el tenor de su conferencia: "¡Estas NO son vacunas; son venenos mortales!"

Con la conferencia finalmente llegando a su fin, la Dra. Gold, la organizadora, pidió a todos los oradores que regresaran al escenario. "Debemos permanecer unidos contra la tiranía médica", declaró desafiante.

Luego, en nombre de los miembros, el Dr. Robert Malone, el inventor del ARNm, presentó una Declaración de la Cumbre de 10 puntos:

1. Declaramos, y los datos lo confirman, que las inyecciones experimentales de terapia genética para COVID deben terminar.

2. Declaramos que los médicos no deben ser impedidos de brindar tratamientos médicos que salvan vidas.

3. Declaramos que el estado de emergencia nacional, que facilita la corrupción y prolonga la pandemia, debe ser terminado de inmediato.

4. Declaramos que la privacidad médica nunca más debe ser violada, y todas las restricciones de viaje y sociales deben cesar.

5. Declaramos que las mascarillas no son y nunca han sido una protección efectiva contra un virus respiratorio transmitido por el aire.

6. Declaramos que se debe establecer financiamiento e investigación para el daño, la muerte y el sufrimiento causado por las vacunas.

7. Declaramos que no se debe negar ninguna oportunidad, incluyendo educación, carrera, servicio militar o tratamiento médico, por la falta de disposición para recibir una inyección.

8. Declaramos que las violaciones de la Primera Enmienda y la censura médica por parte del gobierno, las empresas tecnológicas y los medios de comunicación deben cesar, y que se debe respetar la Declaración de Derechos.

9. Declaramos que Pfizer, Moderna, BioNTech, Janssen, AstraZeneca y sus cómplices, ocultaron y omitieron intencionalmente información sobre seguridad y eficacia a pacientes y médicos, y deben ser acusados inmediatamente por fraude.

10. Declaramos que los organismos gubernamentales y médicos deben ser responsables en su totalidad ante la ley y el Código de Núremberg.

Regresando a casa desde la isla, en un ferry hacia la península de Yucatán, les informaron que Estados Unidos había promulgado nuevos requisitos de prueba para ingresar. Todos aquellos sin las vacunas necesitarían una prueba de Covid negativa para volar.

Al regresar a Playa del Carmen en su camino hacia el aeropuerto, la mayoría de los asistentes a la conferencia estaban buscando desesperadamente una prueba de antígeno rápido que no fuera nasal. Nadie quería hacerse la prueba PCR. Los investigadores habían analizado que los síntomas de Covid a menudo se desarrollaban después de la prueba nasal. Aún peor, la penetración profunda en la nariz con el hisopo podría romper la barrera hematoencefálica, posiblemente introduciendo materiales tóxicos en el tejido cerebral en sí.

Ahora en Playa del Carmen, Ben y Sara visitaron varias clínicas. Finalmente, encontraron una dispuesta a realizar una prueba de antígeno. Negándose a que le introdujeran el hisopo en la nariz o en la mejilla, Ben sacó un billete grande de peso y se lo mostró al médico.

""Esperamos poder darle una pequeña *propina*, una propina por todas las molestias que le hemos ocasionado al hacer espacio para nosotros en su agenda", mencionó Ben. Sara tradujo al español para la enfermera de habla hispana.

Alcanzando dos vasos de plástico desde una bolsa, Ben hizo un gesto a la enfermera vestida con un uniforme azul brillante. Luego ambos escupieron en un vaso y Ben señaló a la enfermera para que tomara cada muestra de prueba sumergiendo un hisopo directamente en el vaso.

"No puedo creer que haya funcionado", Sara lo empujó en el transporte hacia el Aeropuerto de Cancún. "¿Dónde encontraste esos vasos?"

"Estaban al lado de la piscina en el resort."

"Ugh - espero que los hayas lavado primero."

"Claro, fueron esterilizados con alcohol", se rió.

En el vuelo de regreso a casa, Ben leyó un folleto del Dr. Vladimir Zelenko.

Su corto mensaje fue cautivador:

1. Covid-19 es un virus creado en laboratorio que causó una psicosis global. La psicosis hizo que la gente se vacunara.
2. "La vacunación es para la eugenesia, la vigilancia y la manipulación genética para corromper la semilla del hombre."
3. La agenda globalista es la reducción de la población, la esclavización, la alteración de lo que significa ser humano. Los globalistas no creen en Dios ni en la vida después de la muerte, y creen que la conciencia humana desaparece con la muerte.
4. Los globalistas temen a la muerte, y creen que pueden crear una forma híbrida inorgánica/orgánica con 'IA' y que con la conciencia humana puede ser descargada.
5. Los globalistas creem que han evolucionado a un nivel superior de conciencia y pueden evadir la muerte.
6. Los globalistas creen que el resto de la humanidad es un desperdicio de recursos y que la población debería reducirse en un 90%.
7. La solución es elegir a Dios por encima del globalismo.

Saber que estamos en una guerra espiritual.

WAR (P)

S (P) EED

Capítulo 9

"El que recibió la semilla en tierra buena es el que oye la Palabra y la entiende, y da fruto", Mateo 13:23

Al llegar a casa desde el aeropuerto en la oscuridad, Sara cogió una linterna de la guantera del coche y corrió para revisar el jardín. "Debe haber llovido mucho mientras estábamos fuera", gritó, "¡solo dos semanas y los tomates ya necesitan postes para sostener las enredaderas!"

"Genial cariño, compremos más semillas orgánicas", respondió Ben, mientras rodaba las maletas al interior.

Al día siguiente, Sara buscó semillas en línea, "están eliminando las orgánicas, no puedo encontrarlas en ninguna parte..."

Después de tomar café recién hecho y avena, Ben llamó a su sobrino por la línea encriptada, relatándole detalles de la conferencia.

Marshal respondió: "He estado tratando de comunicarme contigo en la conferencia, después de escuchar que posiblemente hayan enviado a alguien allí. ¿Notaste a un hombre rubio más alto con un corte de pelo extremadamente corto?"

"No lo recuerdo de memoria, pero revisaré los videos que estaban filmando".

"La Fundación Bates está comprando cada granja orgánica que pueda en el país", confirmó su sobrino. Estoy seguro de que los cambiarán de inmediato a semillas transgénicas".

Ben mencionó la charla que escuchó en la conferencia del joven botánico, quien informó sobre los experimentos de ARNm que se estaban realizando para introducir las vacunas en la cadena alimentaria. "Quieren modificar genéticamente a las personas y los alimentos".

"No me sorprende que esté comprando todas las granjas orgánicas", se indignó Marshal. "Y también todas las semillas orgánicas".

"¿Es cierto que tienen un banco de semillas ubicado en Islandia?"

"¡Es tan idiota, tío Ben! Construyeron esta estructura impenetrable, pero escuché que ya se está deslizando hacia el hielo."

"Quizás en realidad no quisieron salvar las semillas, como le han estado diciendo a algunos de nosotros, probablemente querían destruirlas desde el principio. Él y sus secuaces podrían destruir todas las semillas naturales que quedan y envenenar toda la tierra, si nadie los detiene", lamentó Marshal."

"Esa noche, Ben descubrió un informe del Dr. Don Davis, un bioquímico de una universidad en Texas. El estudio reveló que casi todos los minerales se habían agotado del suelo."

"Las plantas, los animales y los científicos no pueden crear minerales. Un contenido mineral en el suelo de más del sesenta por ciento es esencial para la salud. Productos químicos tóxicos, como el Roundup o el glifosato, habían envenenado la tierra. La mayoría de las tierras de cultivo habían sido despojadas de minerales y nutrientes. Habían desaparecido el calcio, el magnesio y el zinc, y docenas de otros minerales traza."

"Las semillas modificadas genéticamente se habían proliferado. Los pesticidas y herbicidas sembrados directamente en las plantas no solo mataban a los insectos, sino también a las bacterias beneficiosas en el suelo. Ben se preguntaba si estas mismas toxinas tejidas en las semillas y plantas eventualmente causarían cáncer y también matarían a las personas."

"En la primera mañana de regreso al laboratorio, Ben miró el extraño memo en sus manos. Mientras estaban en la conferencia, habían recibido varias llamadas con mensajes de sonido ominoso. Las escuchó por enésima vez, como solía decir su abuela de Carolina con su fuerte acento. Entonces se dio cuenta. Estas llamadas son de una agencia gubernamental federal, una de esas encubiertas."

"Cuidar el jardín era más fresco a última hora de la tarde. Sara se tomó el tiempo para meditar sobre los milagros de Dios, tan evidentes en las pequeñas semillas que brotaban en plantas comestibles o árboles que daban frutos. El Señor le había regalado un hermoso jardín orgánico. Tal vez su propósito no era tener hijos, pero ciertamente tenía mano para la jardinería."

"Su nueva vecina, Miriam, a menudo charlaba desde su propio jardín cercano. *Qué bendición tener una nueva amiga tan dulce, que comparte tanto consejos de jardinería como fe.*"

"Miriam mencionó haber advertido a otros, como enfermera, aunque de manera privada, sobre las inyecciones y los malvados protocolos del hospital; '¡La muerte de mi hermana por la inyección de la serpiente no será en vano!'"

"*Ben estará en casa en cualquier momento,* consideró Sara. *Será mejor poner algo en la estufa. Y hay suficientes verduras para una ensalada orgánica fresca.*"

"Ben llegó conduciendo rápidamente, tocando la bocina. Inclinándose por la ventana del coche, gritó: '¿Estás lista para esto?'"

"¿Para qué?" De repente, un perro grande saltó del vehículo ladrando y corriendo hacia Sara. Preparándose, el perro saltó con emoción en su dirección.

"Sara fue rápida, pero no lo suficiente, cayendo hacia atrás en la suave cama de jardín. Ambos comenzaron a reír."

"Oh Ben, ¡es enorme!"

"Tu padre pensó que podríamos usar un perro guardián bien entrenado, con todo lo que está sucediendo. Es un Akita. Son conocidos por esas cosas."

"Ayudando a Sara a ponerse de pie, ella preguntó: '¿Cómo se llama?'"

"Bueno, 'él' es una 'ella'..."

"Kin - significa dorado."

"Luego, mientras acariciaba el pelaje espeso del Akita con su mano enfundada en guantes de jardín, Sara bajó el tono. 'Buen chica, buena chica, pero tal vez te llame 'Kimmy' en su lugar'."

"Seguro que es un nombre inusual para esta raza."

"Miriam, siguiendo el ruido, se asomó desde la esquina de su cobertizo de jardín. El perro gruñó profundamente. Sara sujetó fuertemente el collar."

"¿Ves? Tu nueva protectora."

"Ven a conocer al nuevo miembro de nuestra familia", llamó Sara a su vecina y amiga cercana.

Esa noche, Newsmax informó que el Senador Paul Rand estaba en el hospital luchando por su vida. Había sido atacado durante el fin de semana en su propio patio trasero en Virginia. Los detalles eran escasos, pero una fuente confiable informó que el agresor había alquilado recientemente la casa de al lado. Según se informó, había trabajado para la NSA y NIH.

Más tarde esa noche, la Red OAN hizo un informe sobre el Estado Profundo. "Nuestras agencias de salud, junto con DARPA en el Pentágono, están detrás de la obligatoriedad de las vacunas y las tarjetas de identificación para todos", dijo el reportero mientras sacudía la cabeza.

Un exagente del FBI reveló: "Cualquier punto de vista opuesto se considera 'antiestadounidense' y es desplazado de las plataformas de medios controladas por el gobierno en la sombra".

Al amanecer, Sara encontró a Ben sentado en silencio en el jardín en el banco que él le había hecho. "Es hermoso", susurró ella.

Admirando las altas plantas, Ben interrumpió: "Sí, es un hermoso jardín. Creo que tendremos suficiente para todos nuestros vecinos".

Admirando las altas plantas, Ben interrumpió: "Sí, es un hermoso jardín. Creo que tendremos suficiente para todos nuestros vecinos".

"Yo también te quiero, cariño. Juntos podemos superar cualquier cosa."

"Estoy muy agradecida de que la hermana de la señora Lee decidió mudarse al lado. Su jardín también está prosperando. Tenemos mucho en común", dijo Sara. Su esposo se quedó callado. "Pareces muy pensativo...", añadió ella.

"Esta mañana he estado en la línea dedicada. Mientras estábamos fuera, un investigador del gobierno seguía llamando a mi trabajo preguntando por mí", dijo el esposo de Sara.

"¿Dijeron por qué?"

"Esta mañana hablé con él y quiere reunirse conmigo. Preguntó por el Dr. Cole". Pesaba en la mente de Ben mientras se sentaban tomados de la mano en el banco, pero nunca ocultaba nada de su esposa: "Cuando llamé al Dr. Cole, alguien respondió diciendo que había desaparecido".

"¿El Dr. Cole está desaparecido? Esto no está cuadrando, Ben", dijo Sara.

"Y eso no es todo, cientos de los más reconocidos médicos de medicina integrativa, médicos y doctores holísticos han muerto este año", gimió. "Todos se oponían a las vacunas. Y los investigadores que denuncian los males están siendo procesados".

"¿Debemos preocuparnos por nuestra seguridad, Ben?"

Vi a uno de los médicos en línea mostrando fotos de campos de cuarentena aquí en los Estados Unidos. Uno de ellos dijo que el gobierno compró guillotinas para FEMA. Todo es tan difícil de creer.

"Mi padre solía citarme un poema de Robert Frost", levantó las cejas Ben, recordando lentamente el poema: *"'Si puedes mantener la cabeza en su sitio, cuando a tu alrededor los demás la pierden, entonces serás un hombre, hijo mío'"*.

"¡Eso no es gracioso, Ben!"

Tomaron un momento tranquilo juntos para orar en busca de orientación.

En un momento, Sara rompió el silencio: "¿Recuerdas nuestro encuentro con el abogado de Washington D.C. en la conferencia?"

"No muchos seguidores de Jesús son abogados", respondió Ben, "es un tipo difícil de olvidar..."

"Él mencionó que ayudaría a cualquier persona que estuviera en problemas, creo que tenemos su tarjeta de negocios dentro de la casa", dijo Sara.

"Tu *santa intuición* es muy útil", la abrazó.

Antes de acostarse, envió un correo electrónico breve al abogado de Washington D.C: *'Aprecié haberlo conocido en la conferencia. Varios investigadores federales me han estado acosando, ¿consideraría ayudarme?'* Ben incluyó detalles sobre el informe Cole y los detalles de contacto del gobierno de los mensajes.

Limpiando su computadora, Ben estaba listo para subir las escaleras a dormir, cuando la pantalla de su mensaje se iluminó repentinamente. Marcado como *'Urgente'*, parecía ser un correo electrónico del Dr. Cole.

"No queda mucho tiempo. Eres uno de los pocos que quedan que recibieron el paquete. Debes seguir adelante. El secuenciamiento genético del biovirus se vio comprometido desde el inicio de la pandemia actual. El virus genético fue movido".

"Enviado a través del NIH al laboratorio de Wuhan con financiamiento estadounidense. Para ser utilizado de la misma manera en que se fabricaron los virus manufacturados en nuestro laboratorio CH para las 'V' enumeradas en el informe. ¡Consulte el informe, sección 9!"

Antes de que Ben pudiera terminar de leer, la última oración comenzó a desaparecer. Letra por letra, las palabras desaparecieron rápidamente *hacia atrás* desde la última línea. Como si una mano invisible controlara su tablero ahora, un dedo en el botón de eliminar. Frenéticamente, Ben intentó recuperar el correo electrónico que desaparecía ante sus ojos. No se pudo recuperar.

Durante mucho tiempo, Ben se movió de un lado a otro por la oficina, rodando en su silla, contemplando lo que acababa de presenciar en la pantalla. Sara ya estaría profundamente dormida arriba.

Finalmente, cerrando los ojos, Ben oró: *Señor, no me permitas olvidarte en medio de todo esto. Muéstrame lo que necesito saber aquí.* De repente, cálculos relacionados con el genoma inundaron su cabeza. Se formó la imagen de una doble hélice en el útero y luego una tercera hebra tejida desde afuera de manera robótica.

Recordando las palabras en el correo electrónico de Cole, "*En la manera de esos virus fabricados en laboratorio*", Ben levantó ahora un paquete asegurado debajo de su escritorio. Al abrirlo, encontró la página que buscaba. Mostraba:

AIDS US-Patent 5676977

H1N1 US-Patent 8835624

Ebola US-Patent 20120251502

Swine Flu US-Patent CA2741523 A1

BSE US-Patent 0070031450 A1

ZIKA ATTC VR-84 (Rockefeller Foundation)

SARS US-Patent 7897744 & 8506968

CORONAVIRUS US-Patent 10130701

Escribiendo en la parte inferior de la página, Ben agregó ordenadamente:

Bates, Mycro Soft—Cov Crypto/ Patent Number: WO2020-060606 (666)

'Por cada virus fabricado por el hombre, surge una vacuna correspondiente.'

"Mañana investigar los valores numéricos del genoma en el laboratorio".

Copiando la página, la guardó ordenadamente en su maletín antes de subir las escaleras.

Temprano en la mañana, el sonido del celular de Ben los despertó de golpe. "Para empezar, quieren una lista de todos a quienes les diste el informe Cole", comenzó su abogado de Washington D.C. "Es parte militar; una investigación de DCIS."

Ben respondió con una lista verbal de todos los médicos que habían desaparecido recientemente o habían muerto de manera misteriosa. Mencionó que el senador Rand era muy probablemente una de sus últimas víctimas. "Estoy seguro de que el ejército no estaría involucrado en esto, ¿verdad?"

"En esta ciudad, nunca se sabe..." el abogado hizo una pausa. "En mejores noticias, escuchamos de la oficina de Rand esta mañana y él va a salir adelante. Sin embargo, perderá un pulmón".

"Lamento escuchar eso, pero me alegra que esté saliendo adelante bien".

El abogado continuó, "Con su permiso, podemos llevar esto pro-bono: varios médicos se unieron y nos dieron una buena cantidad de dinero para casos como el suyo".

"Gracias, gracias por la representación", respondió Ben agradecido. "Oraremos por la recuperación del senador Rand".

"He conocido a Rand durante mucho tiempo. Su comité ya está enviando varias citaciones", finalizó el abogado.

De camino al trabajo, Ben se reunió con el pastor A.J. para buscar un consejo sabio y ponerlo al día sobre los detalles de la conferencia.

Durante el desayuno, Ben compartió el aprieto en el que se encontraba después de recibir la llamada del agente del gobierno.

"FBI - CIA?" Pastor A.J. preguntó.

"Algo así, conocimos a un abogado fiel en la conferencia, de Washington D.C., que se ofreció a ayudarnos", se traduciría al español.

Después de una breve oración, A.J. se animó: "Mientras estabas fuera, empecé a incorporar mucha información de tu investigación en mis sermones. La mayoría de ella concordaba con las Escrituras y las profecías del fin de los tiempos. Con tu consejo, comenzamos a transmitir los mensajes en vivo en línea. Ha habido una respuesta tremenda".

"¡Esa es una noticia maravillosa, Pastor!" se traduciría al español.

"Correcto, cualquier cosa para difundir el Evangelio de esta manera", se traduciría al español.

"Estamos comenzando una nueva serie que la llamamos 'Profecía Ahora'", dijo A.J. mientras sacaba una servilleta de tela de su bolsillo delantero para secarse el sudor de la frente.

"Mi hijo mayor adolescente ha estado grabando los mensajes. Dijo que el video en línea de la semana pasada tuvo más de medio millón de visitas. Desafortunadamente, el video fue eliminado de inmediato", dijo A.J. haciendo una mueca. "Pero terminé con el mensaje del Evangelio".

"Lo más importante de todo," Ben sonrió.

A.J. habló con firmeza para que los demás escucharan:

"Jesús murió por nuestros pecados en la cruz. Al tercer día resucitó de entre los muertos y venció a la muerte, para que aquellos que creen en Él puedan tener vida eterna. Ascendió al cielo y se sienta a la derecha de Dios Padre Todopoderoso y volverá de nuevo con sus ángeles para reunir a sus santos de los cuatro rincones de la Tierra. Y así estaremos para siempre con el Señor. Ese es el Evangelio", dijo radiante. "¡Nunca pasa de moda!" Una joven camarera cerca levantó las orejas.

"¡Nostros temenos el llamado de compartir ese bello mensaje!" Ben afirmó.

"*Gospel* significa: ¡Buenas Nuevas!

"Una idea vino a la mente de Ben: 'Mencionaste que eliminaron tu mensaje en línea, pero hay más de una forma de pelar un gato', solía decir mi abuelo", se traduciría al español.

"Es una cosa mala si eres un gato", gritó A.J.

"Quizás podríamos comenzar los sermones en el sitio principal y eliminarlos, y luego hacer que las personas se dirijan directamente al sitio web de la iglesia 'En vivo' para el contenido más sustancioso"

"A.J. asintió. Eso podría funcionar."

Conduciendo hacia el Laboratorio Universitario al amanecer, Ben vio dos señales en la carretera:

"Están hechas con células fetales de bebés abortados" "No puedes ser Pro-Vida y estar a favor de las vacunas"

Ben estaba pensativo esa mañana al llegar al trabajo. Se encontró con Charlie afuera en el estacionamiento, saliendo de su automóvil.

"Anoche me llegó algo importante", dijo Ben con un tono serio. "Encontremos algún momento para revisarlo fuera del horario de trabajo".

Dentro del laboratorio, se enfocaron en algunos de sus trabajos de subvenciones habituales para apaciguar a su jefe de departamento. Durante la hora del almuerzo, Ben hizo un gesto con el dedo a su fiel colega para que lo siguiera hacia la parte trasera del laboratorio. Allí, sacó una unidad flash de su bolsillo. En poco tiempo, una pantalla de proyección tridimensional cobró vida.

"Esto debe ser clave para todo", dijo Ben en voz baja, haciendo señas a Charlie. Al presionar un interruptor, la música celta fluía desde los altavoces del techo para amortiguar sus voces.

"Estábamos siguiéndole la pista al cambio de ADN, pero este nuevo descubrimiento une todo. Es físico. Es espiritual." Moviendo un puntero verde brillante sobre la gran imagen de ADN en la pantalla, explicó: "Es algo bastante elemental, pero a la vez impresionante, si consideramos el genoma increíblemente diseñado por Dios". Caminando bajo la pantalla, levantó su brazo y señaló con el láser, "Cada hebra de ADN tiene 72.000 cromosomas a cada lado. ¿Cuánto suma eso?"

"144,000."

"¿Sencillo hasta ahora, ¿verdad?" Agitando su mano hacia la pantalla, apareció otra imagen. "Este ARNm añade otra hebra de ADN al genoma. Una tercera hebra aquí", señaló. "Otros 72.000 cromosomas más."

"¿Qué está pasando?" Su jefe de departamento, el Dr. Pidgeon, asomó la cabeza por la puerta. Ben rápidamente cambió la pantalla, mostrando solo las dos hebras de ADN en lugar de tres.

"No es nada en realidad", encogió de hombros Charlie. "Solo estamos resolviendo todos los problemas del mundo por ti."

"Salimos para el almuerzo enseguida", tranquilizó Ben.

Después de esperar un minuto a que se disipara el humo, Charlie hizo una señal a Ben para que continuara. "Lo físico lo entiendo, pero ¿por qué es tan significativa la tercera hebra espiritualmente?"

"¿Ya no serán los humanos creados a imagen de Dios?", preguntó Ben. Hizo una pausa considerando la gravedad de la afirmación.

"Hagamos la cuenta. Nuestro Creador es el Gran matemático", enunció.

Charlie tomó el láser, deslizando la tercera hebra de ADN de vuelta a la pantalla. Hizo clic para agregar una pequeña ventana de calculadora debajo. "Así que 72 + 72 + 72 = 216... Suma un total de 216.000", dijo.

"Mantén en mente que el número 144.000 es significativo en la profecía bíblica", añadió. Alcanzando su teléfono móvil, Ben leyó de una aplicación de la Biblia:

"Luego miré y vi al Cordero, es decir, Jesús después de su regreso y victoria sobre el diablo, de pie en el monte Sion, *y con él 144.000 personas que llevaban escrito en la frente el nombre del Cordero y el de su Padre. Ellos eran los que no se habían dejado marcar con la marca de la bestia".* Verás, el diablo tiene una marca falsa para la humanidad, pero el Espíritu Santo sella al creyente con la verdadera marca de Dios...".

"¡Sigue Ben!"

"Entonces... ¿cuál es el número de la bestia?"

"Todos saben, es 666..."

"En los textos bíblicos originales, realmente no es 666. Es una fórmula de 'tiempo, tiempos y la mitad de un tiempo'. Hablando claramente, se supone que es 6 x 60 x 600", explicó Ben mientras hacía una seña a Charlie para que hiciera el cálculo en la pantalla.

"Así que seis veces sesenta, veces seiscientos, es... ¡216.000!", exclamó Charlie.

Charlie se quedó atónito, enfatizando el número. Hubo un silencio sagrado antes de que alguno de los dos hablara de nuevo.

"No me extraña que pienses que podría ser la 'Marca de la Bestia...'", dijo Ben.

"Y todo esto está llevando al transhumanismo...", añadió.

"Entonces, ¿qué haremos con esta información?", preguntó.

"Plantamos semillas."

"¿Semillas?"

"Sabes cómo hacemos esto: compartimos la información de forma saludable y sigilosa. Sembramos semillas de información. Como el Informe Cole que entregamos a médicos y científicos perspicaces. Usamos cualquier plataforma que tengamos para compartir la verdad", respondió Ben.

"Pero esto es un poco complicado de explicar...", reconoció.

"Solo pregúntales 'si cambia el ADN, ¿podría ser la Marca?'" sugirió Charlie.

"Eso debería llamar su atención", añadió Ben.

"Jesús advierte que muchas personas no tendrán 'oídos para escuchar'. Al final, nos preguntamos: '¿por qué alguien querría arriesgar su salvación eterna en una vacuna hecha por el hombre?'", dijo Ben.

"Debo admitir, Ben, que no conozco a nadie en la industria farmacéutica que sea un 'Creyente Nacido de Nuevo', como dice la Biblia."

Esa noche, Ben discutió la tercera cadena de ADN con Sara. Ella agregó: "Me pregunto cómo responderá el Señor cuando las personas lleguen a las Puertas de Perla del Cielo con ADN que ha sido alterado. ¿Ya no estarán hechos a imagen de Dios?"

"¿Dirá Jesús '¿Apartaos de mí, nunca os conocí'?" veneró. Cambiando de tema, Ben mencionó a su compañero de trabajo. "Charlie realmente se ha estado abriendo conmigo en el trabajo. Es como un Bruce Willis en apariencia, pero con una disposición más amable y no bebe", confió.

Su compañero de trabajo, Charlie, era un hombre de baja estatura, calvo, corpulento, pero en forma. A menudo va al gimnasio en el campus justo después de trabajar en el laboratorio cada día. "Estoy seguro de que alguna buena señorita estaría interesada en este tipo de persona", mencionó Ben.

"Quizás deberíamos invitarlo a cenar para que conozca a Miriam, de al lado", dijo Ben.

"¿Una cita a ciegas?"

"¿Cuál es una mejor manera para que él conozca a una dulce chica cristiana?" Las ruedas de Sara comenzaron a girar pensando en su plato favorito para preparar.

Durante el fin de semana, miles de personas estaban viendo en vivo cuando el pastor A.J. habló abiertamente sobre las vacunas de ARNm y sus contrapartes. En el servicio, el mensaje de Profecía Ahora se mantuvo más ligero durante los primeros minutos, terminando en un momento de suspenso. A.J. se detuvo repentinamente con un adelanto: "Para aquellos que quieren saber más, por favor visiten directamente nuestro sitio web de la iglesia para el resto de la historia: el enlace está en la parte inferior de su pantalla".

"Están diseñadas para codificar las células con la semilla de Satanás", reveló. "Es posible que las armas biológicas hayan salido de un centro de investigación de una base militar en Carolina del Norte". Habló sobre la sociedad sin efectivo, la vigilancia por video y el rastreo de los humanos, y explicó que el Marca de la Bestia sería requerido para Comprar o Vender, según el Libro del Apocalipsis.

"No será un chip 'en' tus manos o 'en' tu frente. La Biblia de King James dice que estará 'en' tu mano o 'en' tu frente, según Apocalipsis 13: 16 a 17."

Cada vez que A.J. mencionaba las vacunas, las llamaba Inyecciones, Jeringas, Inoculaciones, Sueros y algunas veces incluso las llamaba 'Veneno de Serpientes'.

A menudo, A.J. colocaba grandes imágenes en la pantalla que coincidían con sus charlas. "Dime que esta larga aguja no parece un par de colmillos. Apocalipsis 15:7 dice: 'Y uno de los cuatro seres vivientes dio a los siete ángeles siete copas de oro llenas de la ira de Dios'. Estas son las plagas de los siete ángeles. ¿Sabes qué se guarda en copas? ¿No se guardan sueros en copas? La Biblia dice que debemos 'ser astutos como serpientes y mansos como palomas'. Aquí hay una revelación: ¿Son las vacunas una ira de Dios?"

Funcionó milagrosamente trasladar el mensaje de Prophesy Now al sitio web. Durante los próximos servicios, miles de personas lo veían semanalmente en busca de la verdad de Dios. Muchas personas se comunicaron, profesando que habían aceptado a Jesús.

Otros respondieron en línea, prometiendo no tomar las vacunas. Advirtieron a familiares, amigos o compañeros de trabajo y solicitaron exenciones en el trabajo. Algunos compartieron cómo se habían arrepentido por haberse aplicado las inyecciones.

El siguiente mes, A.J. compartió: "La Biblia afirma que el arrepentimiento es dejar atrás la conducta. Conduce a una vida cambiada. Muchos predicadores dicen que Juan el Bautista estaba en el río diciendo que se arrepintieran, pero la verdad es que Jesús también predicó sobre el arrepentimiento. La Biblia dice que después de ser bautizado, Jesús resistió al diablo en el desierto. ¡Dice resistir!"

"Luego dice: 'Jesús comenzó su ministerio de arrepentimiento'. ¡No oirás a estos predicadores del Evangelio de la Prosperidad hablar de eso!" *Un letrero en el sitio de la iglesia decía:* **"Recuerda que estar arrepentido por algo no es lo mismo que arrepentirse de ello. ¡Resiste!"**

Después del servicio, Sara enseñó una clase para niños. Ben se reunió con el pastor A.J. para discutir sus hallazgos de laboratorio sobre las vacunas y la tercera cadena de ADN que habían descubierto.

El pastor entendió rápidamente las implicaciones.

"Las Escrituras dicen que fuimos creados a imagen suya y que nuestros 'cuerpos son templos del Espíritu Santo'. A.J. a menudo pasaba sus gruesos dedos por su larga barba gris cuando reflexionaba.

"¿Esto entristece al Espíritu Santo? ¿Es 'La Abominación' o 'La Marca'?" Luego tuvieron una larga discusión sobre la importancia de los hallazgos de Ben."

Finalmente, se determinó que Ben prepararía un resumen para que el Pastor lo considerara en sus sermones en línea, o para que se colocara en el sitio web que ahora era visto por miles cada semana; Ben contribuyendo con la parte científica o física y A.J. añadiendo las implicaciones espirituales.

En el viaje de regreso a casa, Sara dijo: "Sabes cuándo el Espíritu Santo está trabajando. Cada semana la gente está viniendo a Jesús, de una pequeña iglesia de campo".

"Hubo lleno total en la iglesia hoy", añadió Ben. "Tendremos que reunirnos afuera junto al río pronto".

"Y Dios es bueno", ella lo pellizcó.

"¡Todo el tiempo!" respondió Ben a la oración de ella. "¿Y viste a Charlie acercándose al altar al final del servicio? ¡Increíble!"

"Hallelujah!" exclamó Sara.

Esa noche, Ben escribió una publicación para el sitio web de la Iglesia:

Mi profesor y mentor, el Dr. Howes, un científico genético, ha estudiado el genoma durante más de 25 años. Llegó a la conclusión de que el genoma humano, la doble hélice, tenía 72,000 genes a cada lado de la hélice. Cuando se combinan, el total de genes es de 144,000 en el genoma humano. Un genoma es el conjunto completo de "instrucciones" creadas por Dios que determinan cómo se desarrollará un organismo.

En Apocalipsis 7:3-4, el Señor hace referencia a 144,000 como aquellos que tienen el sello de Dios. Este es un número bíblico que designa a aquellos que pertenecen al Señor. Es Su firma. Están conectados en el medio, es la escalera retorcida de la doble hélice. El hombre ahora está tratando de alterar la creación de Dios. La nueva tecnología de ARNm dada por inyección introdujo una tercera hebra de ADN, utilizando una técnica de edición CRISPR, insertándola en el genoma humano, alterando el ADN. La tecnología de mensajería rompe una hebra en una edición al genoma, creando una triple hélice. Los científicos de CRISPR utilizan técnicas de hechicería al cortar el ADN en el genoma de un organismo y editar su secuencia. Las líneas celulares utilizadas en las vacunas provienen de tejido fetal abortado replicado.

Hay 72,000 genes a cada lado del helix, uno corriendo hacia abajo del lado derecho y otro corriendo hacia abajo del lado izquierdo, una hebra de la madre y otra del padre, dando un total de 144,000 y resultando en la creación de la imagen santa de Dios. Cuando se agregan otros 72,000 genes de la tercera hebra, ahora tenemos el triple helix, con un total de 216,000. Ahora todas las personas que eligen recibir estas inyecciones, que se han administrado a todo el mundo, dicen que no son 'La Marca'.

Muchos dicen que "es un precursor" y no advierten sobre lo que realmente dice la Biblia sobre esto. Entonces, si el número de la bestia es 666, o como dice la Biblia, "seiscientos sesenta y seis", entonces 600 x 60 x 6 suma 216,000, o el "número de su nombre". ¿Quién nombre? El del diablo. Es el nombre de Lucifer. Y hay algo en estas inyecciones llamado "Luciferase". Oren para que Dios les revele su verdad. Oren para mantenerse puros. B. Strickland, PhD.

Al día siguiente, la Reina de Inglaterra, de la elitista familia Windsor, reveló su lealtad al Nuevo Orden Mundial y al ADN del diablo, iluminando una triple hélice en el césped del Palacio de

Buckingham. Observada por gran parte del mundo, la ceremonia fue transmitida por la mayoría de los medios de comunicación.

"La Reina acaba de llevar a cabo una parodia burlándose de Dios creador", tuiteó uno de los amigos de Sara.

Más tarde en el día, el abogado de Ben, Don, llamó nuevamente con noticias de última hora: "El senador Rand está regresando al trabajo y volverá a convocar las investigaciones del Senado".

"Genial" Ben respondió bostezando.

"Es verdad", pero luego continuando con las noticias no tan buenas, su abogado agregó: "Han emitido una citación para que testifiques".

"¿Yo? ¿Ante el Senado de los Estados Unidos?"

"Sí, pero el senador Rand está de tu lado, Ben. Se enteró de tu discurso en la conferencia. Quiere el informe Cole."

Capítulo 10

"Pero aún habrá una décima parte en ella, y volverá a ser pasto. Como el roble y la encina, que al ser cortados aún tienen tronco; así, la santa simiente será su tronco." Isaias 6:13.

Esa noche, Ben se sentó en la cama después de que otro sueño lo sacudiera de su sueño. De nuevo, agarró el cuaderno que estaba en su mesita de noche y comenzó a escribir:

Estaba conduciendo en una bruma crepuscular a través de una ciudad antigua, pero moderna. El tráfico era pesado... En una parada obligada, un hombre alto vestido de blanco me hace señas.

Cuando salgo del coche, me invita a seguirlo y se detiene frente a una gran puerta de cristal. Allí me hace una pregunta como un acertijo:

"A través de esta puerta encontrarás lo que has preguntado y estás buscando. Será algo que llevarás contigo, pero no tendrás nada en tus manos."

Intrigado, aunque confundido, entré en lo que parecía ser una tienda de música celestial. Mirando hacia arriba a las altas paredes de vidrio, noté gigantescas columnas de mármol que mostraban toda clase de arpas de oro y cristal, coloridas flautas y similares, que estaban elaboradas de manera única, pero desconocidas para mí. Brillando de asombro, escuché una voz profunda detrás de mí:

"¿Estás aquí para investigar?", señaló hacia arriba un anciano detrás del mostrador.

"¿Sería posible tocar un instrumento?", respondí.

"Sí", sonrió él. "Sin embargo, la verdadera respuesta que buscas tiene que ver con la oración que sembraste".

De pie junto a este hombre había una mujer de cabello blanco, que dijo tranquilamente: "La respuesta a tu pregunta es: 'Sí'..."

Instintivamente, recordé que antes de quedarme dormido, había hecho una breve oración: "Señor, muéstrame si lo que estamos presenciando ahora, lo que se está desplegando a través de estas vacunas, es verdaderamente 'La Marca'".

El hombre asintió, como si dijera: "Lo entiendes". Sonriendo para tranquilizarme, dijo la palabra: "Sí". Luego sombríamente, confirmó: "Es, deja la Marca Impía".

Sintiéndome mareado, asentí con la cabeza en reconocimiento y salí rápidamente afuera. El hombre alto vestido de blanco permaneció junto a la entrada. Sin hablar, escuché palabras audibles:

"Entonces tienes tu respuesta, ahora despierta."

El resplandor de la luz de la luna brillaba a través de las cortinas. Ben cerró su libreta, considerando el sueño, cerró los ojos, esperando recordar más detalles. Luego, haciendo una oración silenciosa a Aquel que da generosamente a todos los que le piden.

Un momento después, Sara se movió a su lado y dijo: "¿Estás despierto, cariño?"

Compartiendo el sueño con Sara, ella estaba llena de asombro. "Antes de quedarme dormida, leí Mateo 13, ¡Todo se trata de las semillas!" Encontrando la página en su Biblia, leyó:

Otra parábola les propuso Jesús, diciendo:

"El Reino de los cielos es semejante a un hombre que siembra buena semilla en su campo; pero mientras dormían los hombres, vino su enemigo y sembró cizaña entre el trigo, y se fue. Y cuando salió la hierba y dio fruto, entonces apareció también la cizaña. Vinieron entonces los siervos del padre de familia y le dijeron: 'Señor, ¿no sembraste buena semilla en tu campo? ¿De dónde, pues, tiene cizaña?' Y él les dijo: 'Un enemigo ha hecho esto.' Y los siervos le dijeron: '¿Quieres, pues, que vayamos y la

arranquemos?' Pero él les dijo: 'No, no sea que, al arrancar la cizaña, arranquéis también con ella el trigo. Dejadlos crecer juntos hasta la siega; y al tiempo de la siega, diré a los segadores: Recoged primero la cizaña y atadla en manojos para quemarla; pero recoged el trigo en mi granero'. Y acercándose los discípulos le dijeron: 'Explícanos la parábola de la cizaña del campo.'"

"Y respondiendo él, les dijo: 'El que siembra la buena semilla es el Hijo del hombre, el campo es el mundo; la buena semilla son los hijos del reino, y la cizaña son los hijos del malo; el enemigo que la sembró es el diablo, la siega es el fin del mundo, y los segadores son los ángeles. Así como, pues, se recolecta la cizaña y se quema en el fuego, así será en el fin del mundo."

Acurrucada bajo las sábanas, ella reflexionó: "Espiritualmente, en los últimos tiempos emergen tres grupos de personas". Sara buscó dentro del gran libro sus notas y continuó: "Primero, están los Restos que rechazan la marca del diablo y sus consecuencias eternas. Son aquellos que hacen la voluntad de Dios. Son aquellos que advierten a los demás como vigilantes en el muro, según Ezequiel 3 y 33. Dice que seremos responsables si no advertimos a otros. Que la sangre estará en nuestras manos". Sara sostuvo una pequeña linterna sobre las palabras.

"Estos son los que no se vacunan", pausó ella mientras pasaba una página.

"Y son aquellos que mantienen puras sus líneas de sangre", estuvo de acuerdo Ben.

"En segundo lugar, están aquellos que tomaron las inyecciones. Posiblemente, la única forma de salir es arrepentirse por confiar en el hombre y en la medicina en lugar de en Dios. Ellos siguieron el plan del diablo. Confiaron en el mundo en lugar del Señor para protección y provisión. Algunos fueron impulsados por el miedo. Otros fueron a menudo presionados por amigos, familiares o el trabajo para tomar la inyección. Muchos están presionando para inyectar a los niños. Me siento enferma al respecto, ¡todos mis inocentes niños de preescolar!".

"Y la Biblia dice: 'pero ellos no se arrepintieron de sus hechicerías', agregó Ben, 'y la traducción de 'hechicerías' es 'farmakeia': *drogas, medicina, veneno e incluso brujería'.*"

"¿Cuál es la tercera categoría?" preguntó Ben.

"Ellos son aquellos que tal vez aún no estén salvados, pero por alguna razón no se han vacunado. Tal vez sea por motivos de salud o personales, o porque no confían en la autoridad."

"¡Quizás simplemente sean inteligentes!", dijo Ben mientras se estiraba para apagar la luz. "Esperemos que este grupo tenga una mejor oportunidad de volverse hacia Jesús más adelante". En el silencio, dejaron que la tranquilidad de la noche los envolviera por un tiempo.

Un llanto ahogado se escapó de su lado de la cama. "Lo siento por no tener hijos, Ben", dijo ella.

"Quizás el problema sea yo", respondió él mientras agarraba su mano bajo las cobijas. "Nunca se sabe cariño, recuerda que Dios bendijo a Abraham y Sara con un hijo. ¿No tenía ella como 90 años o algo así?" Él esperó, escuchando cómo ella sofocaba algunos sollozos más.

Tratando de aligerar la situación, él continuó diciendo: "A los noventa años, no es de extrañar que Sara en la Biblia tuviera dificultades para creer que estaba embarazada".

Por un momento, ella respondió: "Es un pensamiento reconfortante", se acercó más, "pero ahora ya soy tan vieja".

"Oye, sólo estás en la mitad del camino hacia el billete de cien dólares y pareces tener veinte"

Mientras se adormecían, Ben le explicó la importancia espiritual del tercer filamento de ADN. Ella había comprendido de inmediato el concepto de *216.000*. El tercer filamento como el concepto de la marca.

Al día siguiente, Ben reflexionó sobre su conversación de medianoche.

"Hay otro grupo de personas preocupadas por las inyecciones y sus ramificaciones espirituales", pensó.

Mientras le entregaba un batido de frutas a Sara, él dijo: "¿Has notado que aquellos que no se vacunan son más receptivos a la salvación? Este grupo de personas que rechazan las vacunas no tienen tanto miedo. Quizás son más rebeldes o tienen una mente más espiritual hacia ideas falsas. Aún podrían volverse hacia Jesús".

"La Biblia dice que, sin volverse a la cruz, a la sangre de Jesús por nuestros pecados, no hay esperanza", respondió ella. "Hemos advertido a tantas personas que están tomando las vacunas a ciegas, muchas de ellas diciendo que son cristianas. ¿Estamos perdiendo algo aquí?", preguntó.

Ben los guió en una breve oración: "Señor, oramos por Tu gracia para que reveles más verdad aquí y nos muestres todo..."

"Ayúdanos a llegar a aquellos que se resisten a las inyecciones abiertos a la fe", suplicó. "¡Ayúdalos a recibir Tu Marca, Tu Sello!"

Abriendo su Biblia en Efesios 1:3, encontraron una respuesta esperanzadora: *En él también ustedes, cuando oyeron el mensaje de la verdad, el evangelio que les trajo la salvación, y lo **creyeron**, fueron **sellados** con el Espíritu Santo que había sido prometido". "¡Necesitan fe!",* dijo Ben.

El viaje al trabajo fue más lento de lo habitual. Muchos volvieron a la carretera con una actitud de *"negocios como siempre"*, la nueva normalidad.

Pronto, una llamada de su sobrino resonó por los altavoces del coche.

"Estoy renunciando al trabajo, tío Ben - mi jefe es un maniático genocida."

Ben eligió sus palabras cuidadosamente: "Su padre era un abogado de Planned Parenthood, pero eso no es una excusa", aclaró.

"Leí que su madre había trabajado para IBM, en aquellos tiempos. En la división responsable de hacer las primeras tarjetas de seguimiento de los judíos durante la Segunda Guerra Mundial", pensó Ben. *"La manzana no cae lejos del árbol"*, concluyó.

"Revisa tus mensajes cifrados, tío Ben, hay un video que necesitas ver. Es un poco *'espeluznante'*. Es sobre la *fe*. Tengo que irme", la línea se cortó.

Más tarde, en el camino a casa desde el laboratorio, los nuevos descubrimientos del genoma del día pesaron mucho. *La tecnología CRISPR de tercera cadena se transformó en innovaciones más prácticas, el botón de mi abridor de garaje me convertiría en un mago para mis bisabuelos. ¿Sería otra noche de insomnio?*

Ben pospuso ver el video que le envió su sobrino, dándose cuenta de que el enemigo intentaría invadir sus pensamientos y sueños cuando se ingieren cosas tan demostrativas antes de dormir. Fue casi mediodía al día siguiente, cuando Ben recordó las palabras de su sobrino: "el *video es un poco espeluznante sobre la fe*", el video que tenía más de una década de antigüedad.

En el video, lo que parece ser una versión más joven de William Bates está informando a los agentes del Buró sobre un proyecto titulado *'FUNVAC'*, relacionado con el gen humano VMAP2, también conocido como *'El gen de Dios'*, que puede ser alterado mediante una vacuna.

Billy siguió quejándose: "Así que nuestra hipótesis aquí es que hay personas fanáticas que tienen una sobreexpresión del gen. Al vacunarlos contra esto con un tipo de suero, eliminaremos este comportamiento religioso fanático", les dice a los agentes del gobierno. Dirigiendo su atención a una pantalla grande, continúa: "A la izquierda aquí tenemos a aquellas personas que son fundamentalistas religiosos, fanáticos religiosos, que expresan el gen VMAP2, a la derecha tenemos a una persona normal que muestra disgusto cuando se le presenta la lectura de un texto religioso".

Sorprendentemente, uno de los agentes en la reunión menciona la propagación de un virus "para contener los procesos de pensamiento independientes en las personas". Luego, otro agente responde: "¿Estás sugiriendo que haga una tomografía computarizada para evaluar a las personas y determinar si debo poner una bala en su cabeza?"

Luego, señalando la pantalla grande, Bates explica que no es necesario hacer una tomografía computarizada: "Porque el virus que damos inmunizará el gen VMAP2, y eso tendría el efecto que ven aquí, que esencialmente detendría a estos fanáticos religiosos".

El agente del Buró responde: "Entonces, ¿cómo propones que se disperse esto, mediante rociado?"

Bates responde: "Entonces, el plan y las pruebas que tenemos hasta ahora utilizan *FUNVAC* para administrar virus respiratorios, como la gripe o los coronavirus. Creemos que esta es la mejor manera de exponer a la población más amplia. Estamos seguros de que este será un enfoque muy exitoso", concluye.

Ben se quedó atónito durante un minuto después de ver el viejo video.

Nos lo han estado diciendo todo el tiempo. Recordó haber leído en el informe Cole sobre cómo los militares habían probado este tipo de aerosoles sobre San Francisco muchos años antes, en los años 60.

Incluso ahora están rociando los cielos; descubrió que las nubes blancas que se forman en la mayoría de las áreas contienen aluminio, estroncio y bario. Los tres metales envenenarían la tierra, serían absorbidos por los pulmones y funcionarían con la tecnología 5G.

Y ahora, con el golpe de las inyecciones tóxicas de nano partículas, se dio cuenta de que el objetivo era la mente colmena.

Destruir la fe y la semilla del hombre ha sido el objetivo del enemigo desde el Jardín del Edén.

Después de explicar los detalles del video a Sara, él amplió, "Marshal finalmente está listo para dejar de trabajar para Bates después de veinte años, creo que esto fue el clavo en el ataúd para él".

"¿Qué crees que significa realmente el video, Ben?"

"Si se lleva a cabo, significa que han estado planeando esto durante años. Es un enfoque de múltiples facetas. Evidentemente, ampliaron su plan original. Está diseñado para matar la voluntad individual de las personas, para matar la fe en Dios de las personas", respondió Ben.

"Si alguna vez lo publican en línea, probablemente lo llamen falso", lamentó. "Pero siempre hay esperanza". Sara tocó su hombro: *"Somos renacidos no de una semilla corruptible, sino incorruptible, como dice la Palabra de Dios".*

"Sí, la semilla que cae en tierra buena y prospera."

Luego, cambiando a su rol de médico investigador, Ben analizó: "La parte media frontal derecha del giro es la zona del cerebro asociada con las intenciones, creencias y deseos, relacionada con las teorías de la voluntad individual y la mente".

"El Alma", asiente ella.

"Desde esta presentación de Bates, años atrás, se ha descontrolado el uso de estas toxinas, pasando de ser utilizadas contra los fanáticos religiosos en el Medio Oriente a ser utilizadas contra cristianos y en todo el planeta. No solo están quemando la glándula pineal o eliminando un gen de la fe, sino que también están corrompiendo el ADN, la Semilla Santa del hombre; un plan del diablo desde el principio".

En la iglesia esa semana, el pastor A.J. estaba emocionado con la idea de Ben y Sara de utilizar cartas de exención basadas en la fe en línea.

Durante el mensaje, que ahora era visto semanalmente por miles de personas, se mostraba una pancarta en línea que decía: *"Con su solicitud por correo electrónico, le enviaremos un formulario de exención para usar en el trabajo, para que no tenga que tomar ninguna abominación que altere su ADN".*

A.J. abrió su mensaje diciendo: "Hoy vamos a estar viviendo en los libros de los Hechos de los Apóstoles."

Compartiendo la historia de Pentecostés con Pedro y Juan en las escaleras del Templo, continuó, "Las personas que negaron a Cristo preguntaron: *'Entonces, ¿qué debemos hacer para ser salvados?' En Hechos 2:38, Pedro respondió: 'Arrepiéntanse y bautícense todos ustedes en el nombre de Jesucristo para perdón de sus pecados, y recibirán el don del Espíritu Santo'.*

Así que hoy, después del servicio, ¡nos dirigimos al río detrás de la *Pequeña Iglesia Blanca* para algunos bautismos! ¡Animamos a los creyentes llenos del Espíritu Santo en todas partes a bautizar a otros por inmersión completa en agua, con arrepentimiento en el nombre de Jesús, para el perdón de los pecados! *¡Ahora oro por el don del Espíritu Santo para caer sobre ustedes!*

Ben y Sara se miraron el uno al otro. "Solo fui bautizada como bebé", susurró ella.

"Igual que yo", respondió Ben inocentemente.

"¡Vamos!", se iluminó ella. "¡Vamos a bautizarnos de verdad hoy mismo en el río!"

"¿Con nuestra ropa?"

"Seguro..."

"Bueno, no creo que al pastor le guste que me presente en calzoncillos", guiñó el ojo.

Los signos del verano estaban por todas partes, mientras que las rocas al lado del arroyo se sentían cálidas en los pies. Había una cascada burbujeante al otro lado del arroyo que llamaban El Río.

Un niño pequeño, de alrededor de diez años, de repente saltó desde la cima de una roca hacia el charco de agua más profunda.

Aterrizando con una precisión perfecta, comenzó a nadar en su dirección.

Su madre, parada junto a Ben y Sara, comentó cómo su hijo había estado viniendo al hoyo de natación durante muchos años. "Daniel", llamó, "¿vas a ser bautizado hoy?"

El joven miró a Ben y Sara desde el arroyo fresco y dijo emocionado: "Esta será mi cuarta vez. Todos tienen tanto miedo ahora, pero preferiría morir por Jesús que morir de viejo".

Cuando llegó el momento del bautismo de Ben y Sara, el pastor A.J. los inclinó hacia atrás, uno a la vez, en el agua, preguntando primero: "¿Te arrepientes de tus pecados y profesa a Jesucristo de Nazaret como tu Señor y Salvador?"

"Lo profeso,"Ambos respondieron.

"No será un camino fácil", A.J. hizo una pausa, con las manos sosteniendo las espaldas de cada uno de ellos en el agua fresca, "pero creo que ya lo saben".

"Sí, pero Jesús estará con nosotros", dijo Sara.

"Y Él nos guiará a través de cada tormenta", terminó Ben.

En el camino de regreso a casa, a través de la espesa alfombra de árboles verdes, Ben seguía escuchando las palabras del bautismo, *"No será fácil"*...

Sara se sorprendió al encontrar a su nuevo Akita durmiendo profundamente. En los últimos días, el gran perro había sido encontrado esperando junto a la puerta principal cuando regresaban a casa.

"¡No está durmiendo!", Sara reaccionó con alarma. Agachándose, revisó el pulso del perro, levantando al mismo tiempo un párpado. "¡La anestesiaron, Ben!"

Cautelosamente, él buscó alrededor de la casa, abriendo las puertas de cada habitación lentamente, mientras Sara trabajaba para revivir al perro.

Finalmente, Sara escuchó un fuerte "Genial, simplemente genial..." ella conocía muy bien a su esposo, aún más después de todo el tiempo que pasaron juntos durante los cierres. *Sabía que la reacción indicaba molestia.*

Corriendo hacia la parte trasera de su hogar, Ben estaba parado en medio de la oficina.

"Similar a lo que ocurrió en nuestro lugar de trabajo después del robo," murmuró en voz baja, "pero esto se siente mucho más personal."

"¿Robaron algo?"

"Seguiré revisando", buscó entre los cajones y armarios. "Habría agregado esas cámaras de seguridad, pero los profesionales las desconectarán", las comisuras de su boca se torcieron hacia abajo. Buscando alrededor de la habitación, levantó su certificado de matrimonio. "¡Bueno, esto no lo pueden tener!" exclamó. Ben levantó un dedo y los hizo señas para salir.

"¿Cómo está el perro?"

"Gracias a Dios, Kimmy está bien."

Afuera, susurró en voz baja: "Suena como una mala película, pero podrían haber colocado un micrófono oculto en nuestra casa en algún lugar".

"Y para amenazarnos, tal vez", asintió ella, metiendo la mano en su bolso que aún colgaba alrededor de su cuello. "No se dan cuenta de que no nos iremos tranquilamente, ¡porque tenemos esto!", sostuvo su Biblia en alto. El Kita le rozaba la pierna en busca de consuelo. "¡Oh Kimmy!", exclamó, abrazando a su gran cachorro.

Ben sacudió la cabeza y dijo: "El nombre de nuestro perro de ataque es Kimmy..."

Más tarde, informó al ayudante del sheriff que no se llevó mucho: "Faltan un par de archivos financieros", dijo.

"Bueno... es major que cancelen sus tarjetas de crédito,"les aconsejó el Sheriff.

Ben no quería compartir los detalles largos de sus viajes con el informe médico clandestino del Dr. Cole, la conferencia o los recientes robos en el trabajo.

"Realmente apreciaríamos que conduzcas por nuestra casa y vecindario todos los días durante un tiempo", solicitó Ben mientras el ayudante se marchaba.

Después de la cena, su vecina, Miriam, pasó para recibir instrucciones sobre cómo cuidar al perro y su hogar mientras ellos estaban fuera en D.C.

"¿Vino el Sheriff a tu casa?" Miriam preguntó.

"Un asunto personal", dijo Sara, explicando cómo el pobre perro quedó atrapado en medio de su fuego cruzado y que Ben testificaría ante el Senado en un par de días.

"La semana pasada había dos hombres cerca de tu auto en el camino de entrada y Kimmy los ahuyentó. Quería decirte. Desde mi porche tenía una buena vista". Miriam se arrodilló para acariciar al gran perro, aún un poco adormilado. "Buena chica, buena chica".

"¿Los viste?". Preguntó Ben.

"No realmente. Era tarde. Noté que estaban vestidos con trajes. Demasiado elegantes para ser censistas o rastreadores de contactos", Miriam terminó diciendo.

A la mañana siguiente, antes del trabajo, Ben se encontró con Charlie en el vestíbulo. "Nuestra invasión de hogar fue muy parecida al allanamiento que tuvimos el año pasado aquí. Necesitamos tener más cuidado con lo que decimos dentro de estas paredes de marfil. Mi instinto me dice que fueron los mismos. Tal vez hacen un desorden para distraer y colocar un dispositivo de escucha para espiar", dijo Ben.

"También podrían estar buscando nuestra investigación médica", intervino Charlie. "A estas alturas ya sabrían que hay otras copias del informe Cole".

"¿Y están rastreando a quiénes se los dimos?", preguntó.

"Exacto."

Ben levantó una pequeña unidad flash de su bolsillo delantero del pantalón. "Esto tiene todo lo que hemos descubierto. Nunca se separa de mi lado", dijo.

Arriba, en el laboratorio, un asistente le entregó un memo. Era de su jefe de departamento, el Dr. Pidgeon:

"Me he enterado de que está bajo una investigación del Senado de los Estados Unidos. Cualquier información que deba ser compartida debe ser aprobada por esta oficina. Toda investigación genética, documentos y descubrimientos, desde su empleo, deben ser presentados para mi revisión antes de finalizar esta semana". Dr. H. Gerald Pidgeon.

Al echar un vistazo al memo, Charlie sonrió irónicamente: *"Te hace preguntarte cómo el Pidgeon obtiene esa información".*

Capítulo 11

"Rastrearon nuestros pasos, para que no pudiéramos caminar en nuestras calles - las tropas de ocupación hostigaban [al remanente] en cada oportunidad." Lamentaciones 4:18

Sería más de seis horas de manejo hasta Washington D.C., para la audiencia del Senado. Ben se reconfortó con las palabras de su abogado: "El senador Rand está de tu lado, Ben".

Por seguridad, se les aconsejó no alojarse en el Capitolio. Al salir un día antes, Ben quería dividir el viaje: "Tu deseo de visitar Colonial Williamsburg en Virginia finalmente se hará realidad", le sorprendió.

Durante el viaje, a Sara se le ocurrió que aún queda mucho espacio vasto en el país. *Las fuerzas poderosas empujan a la gente a áreas aisladas con concreto y 5G.*

Escucharían canciones de alabanza en el viaje, para sacar nuestras mentes de estas mundanas D'A'Z'E - pronunciaba cada letra para sí misma. Cantar era una manera maravillosa de superar estas exigencias, libres de citaciones judiciales, política o disparos. ¿No había dicho su abuela a menudo: "¿Qué diferencia hará todo esto dentro de cien años?"? Qué bendición conducir por un entorno tan magnífico en el campo, se deleitó.

Alegremente, cantaron sus alabanzas favoritas.

¡Qué manera maravillosa de superar la ansiedad sobre lo que está por venir en el Capitolio!

"Ella preguntó: ¿Cuál es el propósito real de una audiencia del Senado?"

Bajando el volumen, Ben respondió: "Nuestro abogado de la conferencia me preparó detalladamente sobre el formato. Celebran audiencias para recopilar información; revisar discrepancias, incluyendo corporaciones e incluso sus propias agencias gubernamentales rebeldes. Investigan posibles conductas incorrectas". Las hojas de otoño resplandecían en color, haciendo que su descenso por la Autopista Blue Ridge fuera aún más impresionante. Callados, se sentaron por un tiempo, contemplando la belleza.

"Sara rompió el silencio y dijo: 'He estado orando por el senador Rand y su familia. Todos los demás en el Congreso están comprados'".

"Ben mencionó: 'Convocó al comité justo después de salir del hospital. Espero que no solo investiguen, sino que también procesen las conductas incorrectas y la tiranía médica de las compañías farmacéuticas'".

"Sara agregó: 'Se supone que deben proteger a la gente. Los congresistas que reciben dinero también deben ser procesados'".

"Ben condujo incansablemente, diciendo: 'Rand está persiguiendo investigaciones criminales del principal especialista en enfermedades infecciosas de EE. UU., el Dr. Fauci'".

"Él necesita renunciar. Los NIH estuvieron involucrados en el origen de la pandemia de Covid y en la patente de virus, y en los protocolos utilizados para supuestamente combatir lo que crearon..."

Finalmente llegando a Colonial Williamsburg, Sara exclamó emocionada: "¡Esto es como caminar por un museo de historia vivo!" Sara estaba en su elemento paseando por la histórica Main Street, llena de tiendas con artistas locales y de colores brillantes. El edificio del Capitolio y el Palacio del Gobernador se veían a la distancia, transportándolos al siglo XVIII. Las residencias históricas bordeaban las calles laterales, algunas estaban abiertas para ser vistas.

"Imagina vivir en una época como esta", dijo ella. "Sin teléfonos móviles, 5G, aviones fumigando y la medicina afectando a las personas".

Ben interrumpió: "Y sin electricidad."

"Aún así tomo el reto," dijo con entusiasmo.

"Quizás necesitemos encontrar una tienda de velas."

"Dando la vuelta en la esquina, cerca del Mercado de los Comerciantes, un letrero sobre la tienda decía 'En los viejos tiempos'. Detrás del mostrador había una mujer mayor con gafas de abuela. Al notar a Ben, que llevaba un sombrero de tres puntas reminiscente de la Guerra Revolucionaria, comentó: 'Serías un excelente Paul Revere.'"

"Él respondió: '¿Zapatero de oficio, ¿verdad?'"

"Las reparé principalmente", dijo la mujer de cabello gris, vistiendo un vestido con cuello alto con volantes alrededor del cuello. "Paul Revere también golpeaba sus propias monedas", agregó. "En aquellos días, el 95% del país estaba en manos de pequeñas empresas. Un tiempo diferente". Luego, aparentemente de la nada, señaló una vitrina llena de monedas antiguas. "Con lo que se avecina, compraría algunas monedas", dijo."

"¿Monedas antiguas?", Sara estaba intrigada. "¿Por qué?"

"Viejas o nuevas, realmente no importa. Solo hazlo de plata o de oro, al igual que tu abuelo. Siempre ponían algunas reservas de comida también. La bisabuela tenía una bodega debajo de la casa, llena hasta los topes."

"Luego, mirando alrededor de la habitación, bajó la voz. 'Escuchen, parecen una pareja agradable', dijo. 'Se trata de todas estas cosas que están sucediendo ahora, como las inyecciones que quieren que todos tomemos. O la sociedad sin efectivo que se acerca, saben que, si no las toman, no podrán Comprar ni Vender.'"

"Estamos de acuerdo contigo en esto", asintió Sara. Alcanzando su bolso, Sara sacó una de las pequeñas Biblias que a menudo compartían. "Tiene un verso de cada libro de la Biblia", dijo.

"Bueno, tengo una grande de la década de 1600. Es mi consuelo para dormir casi todas las noches", rió."

"Aquellos que piensan como nosotros son difíciles de encontrar. Raros. Necesitamos construir apoyo mutuo", concluyó Ben. Rebuscando en la parte trasera de la tienda, se sintió eufórico al encontrar *El Diario Científico de Remedios Naturales Curativos*, de *1887*. Sara se tomó el tiempo de involucrar aún más al dueño de la tienda, intercambiando información de contacto."

"Sally dijo que podemos dejar la SUV estacionada frente a su tienda. Ella vive arriba."

"¿Quién es Sally?"

Agarrando la mano de Ben, Sara lo llevó afuera señalando hacia arriba el letrero. "Ella es la dueña de Back in the Day, me cae muy bien. Han tenido algunos robos en el estacionamiento del Bed and Breakfast".

"Y ella tiene cámaras de seguridad", observó mirando hacia arriba.

Entrando a su habitación en el hotel, Ben leyó un artículo de periódico amarillento enmarcado en la repisa de la chimenea de ladrillo.

"Esto dice que Charlton Heston, el actor, se quedó justo en esta habitación durante todo un verano cuando era más joven. Era gerente del teatro local hace más de 50 años", dijo Ben.

Reclinándose en una almohada mullida, Sara reflexionó: "Piensa en ello, Moisés durmió en esta cama con dosel".

"Esperando que el colchón sea más nuevo que eso", se rió él.

Antes de quedarse dormida, ella se acurrucó en su pecho. Las láminas del somier vibraban con el más mínimo movimiento. "Quizás necesitamos empezar a advertir a más personas sobre lo que se avecina", susurró. "Y como dijo la señora de la tienda, 'comprar algunas monedas y almacenar comida'".

"Los alimentos orgánicos están desapareciendo rápidamente", dijo Ben con preocupación, haciendo vibrar la cama. "La Escritura dice que seremos responsables por no advertir a los demás", agregó.

"Bueno, mañana estarás advirtiendo al Senado", dijo. "Quizás con el mundo viendo en la televisión también.

Estoy orgullosa de ti, Ben".

Él pensó en responder con otro versículo, "La soberbia precede a la caída", pero en cambio, disfrutó este tiempo en sus brazos. Ese teléfono en la mesita de noche sonaría demasiado pronto con una llamada de despertador matutina. Mejor dormir un poco antes de testificar. Temprano por la mañana, Ben escuchó un mensaje reflexivo de la noche anterior.

El pastor A.J. alentó, "Todos estamos rezando por ustedes, por su protección, viajes seguros y la verdad que debe ser revelada".

Continuó durante un rato con el pastor cerrando en una oración. La cabeza de Ben se levantó del lavabo mientras se afeitaba.

"¡Que ninguna arma formada en contra de ustedes prospere! ¿Sabía el profético A.J. que necesitarían protección? Revisando la hora, Ben cambió a la marcha alta.

"Cargaré el SUV y regresaré enseguida con el auto", le dijo a Sara. Tomando sus dos maletas, dio grandes zancadas hacia el vehículo estacionado cerca de la tienda de Sally. De repente, su teléfono celular sonó.

Deteniéndose para responder, la pantalla decía: "Privado". En cualquier otro día, esas llamadas no se responderían, pero ahora con el testimonio ante el Senado pendiente en unas pocas horas,

"¿Sí?" respondió.

"¿Ben? ¿Ben Strickland?" Sin esperar una respuesta, la voz continuó.

"¿Dónde estás, Ben? ¿Estás solo? ¿Tu esposa está contigo? Gracias a Dios que respondiste. Escucha, ambos están en grave peligro".

"¿Quién es este?"

Sonaba como el Dr. Cole... "Lo siento mucho, sí, Cole. En este momento, hay hombres que vienen por ti. Por lo general, son dos, usan rastreadores".

En ese momento, Ben aceleró por la calle principal. Al divisar el SUV, un recuerdo lo sacudió: *El Informe Cole y mi Testimonio están escondidos en el maletero.* Dejando caer las maletas, comenzó a correr hacia el vehículo. Escaneando la calle mientras corría, se enfocó en una camioneta negra estacionada. *¿Podrían ser dos hombres adentro?*

Agachándose detrás de su propio SUV, Ben abrió la compuerta rápidamente para recuperar los archivos escondidos debajo del pozo, junto al neumático de repuesto. Inmediatamente, desde al otro lado de la calle, las puertas de la camioneta negra se abrieron de golpe. Dos hombres con trajes oscuros se movían rápidamente en su dirección. Uno tenía un shock de cabello rubio familiar. Sabía que me habían visto, pensó Ben.

Sin tiempo para cerrar la puerta del maletero, Ben retrocedió por la acera. Los dos hombres se acercaron a él, cruzando su camino.

Al llegar a la intersección, dos carruajes tirados por caballos bloquearon momentáneamente el avance de los hombres de traje.

Un momento después, una camioneta rosa brillante se detuvo junto a Ben. "¡Súbete!", gritó una señora mayor de pelo gris detrás del volante. Era Sally de la tienda. Sara estaba dentro de la camioneta. Escabulléndose hacia el medio del asiento delantero, ella ayudó a subir a Ben.

"Es útil tener algunos amigos", dijo Sally mientras aceleraba el motor, saludando a los hombres que conducían los dos carruajes. "Agárrate fuerte, ¡mi F150 tiene un Hemi debajo del capó!"

Corriendo por una calle lateral en la gran camioneta, Ben miró hacia atrás para ver a los dos hombres de traje, ya subiendo al volante de la camioneta para perseguirlos; agarrando fuertemente los informes en sus manos le trajo cierta comodidad.

"Vamos a ver si puedo perderlos", Sally estaba emocionada. "Ellos no conocen estas carreteras secundarias como yo..." los neumáticos grandes chirriaron.

"Anoche, las cámaras captaron a esos tipos revisando tu auto. Y cuando vi esa camioneta negra esta mañana,"

"Me alegra tanto que me hayas encontrado en el hotel", Sara cerró los ojos mientras la camioneta saltaba por un bache. Ahora el furgón era apenas un punto en la distancia.

Al alcanzar su teléfono celular, Ben llamó a su abogado en Washington, informándole sobre la llamada del Dr. Cole, su paradero y la actual situación angustiosa de la persecución.

"Espere un momento", el abogado dudó, y agregó: "¡No cuelgues!". Regresó a la línea a toda velocidad y dijo: "Dirígete al Aeropuerto Privado de Williamsburg. La puerta trasera estará abierta. Busca un helicóptero con las hélices girando". El abogado añadió: "¡Llámame cuando estén en el aire!"

"Sé exactamente dónde está", Sally apretó con fuerza el volante.

"No estamos lejos"

Varios minutos pasaron rápidamente; la potencia del F150 acelerando a lo largo de la estrecha carretera de dos carriles. Ahora a lo largo del camino trasero, apareció una alta valla de cadena de eslabones, y al otro lado, varios pequeños Cessna y un Piper Cub.

"¡Allí!" Sara se alertó. "¡Las aspas del helicóptero están girando!"

Sally redujo la velocidad del camión mientras buscaban una puerta abierta a lo largo de la cerca. Ahora la camioneta negra que los perseguía comenzaba a ganar terreno. Girando bruscamente a través de una pequeña abertura en la cerca, la parte trasera del camión se deslizó lateralmente. Corrigiendo el volante en la dirección opuesta, lo controló de nuevo. La camioneta negra pasó zumbando a su lado.

"No hay tiempo para despedidas," Sally rió. "Tendrán que darse la vuelta ahora mismo." Pisando fuerte el freno, giró el camión cerca de las aspas giratorias.

Tirando de la mano de Sara fuera de la camioneta, se sentía como caminar en una tormenta de arena hacia la pequeña puerta del portal del helicóptero. La ropa se movía violentamente contra sus cuerpos mientras el viento de los rotores soplaba por encima.

Dentro, los auriculares del piloto zumbaban junto con las hélices sobre la cabeza. Sin indicación, cada uno se abrochó el cinturón de seguridad. Mientras la camioneta negra se detenía junto al camión de Sally, el pequeño helicóptero comenzó su rápido ascenso inclinándose hacia adelante. Ben notó manchas de café en la alfombra gastada. Salpicaduras de metal oxidado insinuaban la edad de la nave. El acelerador se asemejaba al giro del acelerador de una motocicleta montado en el control.

Finalmente, el piloto habló: "Nos dieron un permiso especial. Estaremos en el Capitolio en un periquete. Soy militar retirado", trató de tranquilizar, "así que no hay nada de qué preocuparse".

Sara le dio una sonrisa sabia a su esposo.

"Él es militar - cuál es la definición de ironía", Ben sofocó una risa mientras sus cuerpos temblaban en el aire.

Decir una oración en silencio le ayudó a recuperar la compostura. Una escritura vino a la mente que sorprendentemente le brindó consuelo:

"El que trate de salvar su vida, la perderá; pero el que pierda su vida por mi causa y por causa del evangelio, la salvará..."

En cuestión de minutos iba a testificar ante el Senado. Sobre el río Potomac, Sara apretó fuertemente la mano de Ben. Pronto, el Monumento a Washington apareció a la vista, abriéndose hacia el Capitolio, el MLK, los memoriales de Lincoln y Jefferson. Ben se estremeció mientras sobrevolaban el Templo Masónico de George Washington. Dios, prepárame para la batalla de hoy, oró Ben, tus palabras no las mías...

El piloto manejó el descenso en el Capitolio con habilidad, ascendiendo suavemente en el último momento antes de tocar tierra. Un vehículo blanco del Capitolio los condujo la corta distancia hasta el Senado. Inmediatamente, los guiaron a través del control de seguridad, los escanearon y les dieron brazaletes en sus muñecas. Se les colocaron cordones con los nombres de cada uno alrededor del cuello.

En media hora, el senador Rand presentó a Ben diciendo: "El Dr. Strickland tiene siete minutos para su declaración inicial, por favor proceda, si lo desea".

Declaración del Dr. Benjamin Strickland ante el Senado:

"Estas inyecciones con ARNm no son medicamentos", comenzó Ben.

"Estas son tecnologías de alteración genética con una red intra-corporal de nanoescala, administradas actualmente mediante inyecciones".

"Los parches de nanoescala están ahora siendo sometidos a pruebas simuladas", dijo Ben.

"Es probable que estas inyecciones hayan matado a millones de personas ya".

"Los patólogos y los investigadores médicos están descubriendo que estos no son coágulos sanguíneos, como se revela en las autopsias post-mortem;

Son nanopartículas autoensamblantes y autorreplicantes de nanotecnología, lípidos modificados a nivel molecular envueltos en pegulación de polietilenglicol. Es Óxido de Grafeno, uno de los componentes utilizados para hacer hidrogel.

"Las nanopartículas lipídicas están modificadas para ser sensibles al calor y a la frecuencia. Cuando se colocan en el cuerpo humano, se energizan con el calor. Con esa excitación, la nanofección creada en las partículas se desplaza lentamente hacia cada una de ellas. De esta manera, se autoensamblan. Esta red nano intra-corporal es el primer paso para convertir el cuerpo humano en un dispositivo conectado a la internet de los cuerpos. Una colmena física controlada por la IA -Inteligencia Artificial-, ya está en su lugar. Una persona inyectada emite EMF. Cualquiera puede comprobar esto con un AP Bluetooth en modo desarrollador."

"Las vacunas también cambian el ADN, convirtiendo a la persona en un organismo modificado genéticamente propiedad de una corporación, según las patentes. Esto permite que el sistema recolecte datos psicológicos, biológicos, genéticos y fisiológicos de un individuo sin su conocimiento o consentimiento. Técnicamente, las personas se convierten en productos propiedad de la corporación que posee las patentes de las inyecciones dadas", hizo una pausa dejando que la gravedad de todo esto se hundiera en su audiencia; la voz de Ben había estado llena de un flujo constante de *brasas ardientes*."

"Espera un momento", interrumpió un senador, pero con un gesto de la mano, Rand lo calló. "Por favor, continúe, Dr. Strickland".

"¿Alguno de ustedes ha estudiado una de estas ampollas tóxicas bajo un microscopio electrónico?" preguntó retóricamente. "Yo sí lo he hecho..."

El Pentágono se refiere a esto como "Contramedidas". ¿No es ese un término utilizado para armas? Fue DARPA, con cuarenta y ocho mil millones en contratos gubernamentales. Corporaciones globales como Black Rock y Vanguard están involucradas. Los globalistas controlan los sistemas monetarios y bancarios, con familias en Europa como los Rothschild, Warburgs, Lazards y Seifs; en los Estados Unidos son Goldman Sachs, Rockefellers, Lehmans y Loebs.

"La información - la cadena de bloques - es el nuevo patrón de oro y la base para el próximo sistema financiero: la CBDC, Moneda Digital del Banco Central. El siguiente paso es un tatuaje de puntos cuánticos que liberará lentamente micro-puntos cuánticos y chips en el cuerpo humano, individualizando y autenticando todos los datos de cada persona."

"Esto es parte de una agenda transhumanista que está siendo iniciada en la población sin su conocimiento por estas élites globales, que trabajan principalmente a través del FEM, el Foro Económico Mundial, la OMS, el FMI y otros sistemas de control global que no forman parte de ningún gobierno. Poseen los gobiernos a través de la manipulación de elecciones y sistemas financieros. Controlan la "IA" y las corporaciones más grandes."

Ben miró cautelosamente desde su texto preparado y luego improvisó. "¿Alguien aquí realmente entiende esto? ¿El Congreso incluso tiene algún poder ahora? No. ¡Lo entregaste!"

La sangre de Ben comenzó a bombear. "La Ley C.U.R.E. y otras leyes le dieron el poder al Departamento de Salud y Servicios Humanos. El jefe de HHS tiene el poder. ¿Alguien sabe quién lo controla realmente? Les diste el poder de declarar una Emergencia de Salud en cualquier momento sin supervisión. ¿No destruye esto nuestra Constitución de derechos individuales?"

Ben recogió las notas nuevamente y dijo: "En el caso Jackson vs Pfizer, la industria farmacéutica fue exonerada al afirmar, y cito: 'En un proyecto conjunto, el Departamento de Defensa, DOD, pagó seis mil millones de dólares por prototipos, no vacunas. Un prototipo es para una prueba, no se necesita aprobación. Por lo tanto, no son necesarios estudios ni aprobación de los CDC o la FDA.'"

"Al ceder su autoridad, el Congreso les permitió experimentar con una mezcla mortal en todo el mundo."

"Espera un momento, amigo", interrumpió nuevamente el senador corpulento."

Sin desanimarse, Ben se abrió camino a través de sus notas. "Un hombre en el HHS tiene el poder de ordenar cuarentenas, aislamientos, inoculaciones forzadas o la condena de propiedades, sacando a la gente de sus hogares", enfatizó. "Portadores asintomáticos, individuos precomunicables, estos NO son términos científicos. Sacan estos términos de la nada y los aplican a personas saludables, todo por su propia agenda."

"Los humanos saludables son reclasificados como bio-riesgos. Funcionarios no electos están *TOMANDO TODAS LAS DECISIONES*. Sin intención de hacer un juego de palabras."

"¡ALTO!" exclamó una congresista enojada. "¡Podemos considerarlo en desacato!" Rand levantó la mano para hacerle callar.

El abogado de Ben asintió para que continuara: "Un funcionario no elegido en el Departamento de Salud y Servicios Humanos, sin supervisión ni consecuencias. Inmunidad total, al igual que las compañías farmacéuticas, ¿no es esto una dictadura de la salud?"

¿Es el plan para esta tecnología vincular a cada ser humano en la internet de los cuerpos? La base para una CBDC global que será controlada con sistemas cuánticos está aquí.

"Esta tecnología tiene la capacidad de vigilar y controlar completamente a cada individuo", Ben hizo una pausa. El único sonido audible era el zumbido de un sistema de calefacción y aire.

"Escucha", levantó Ben, "Si aún no te has dado cuenta, ¡estamos en una lucha por la humanidad misma!" Aliviando de nuevo en su asiento, suspiró, "También hay un elemento espiritual para aquellos inclinados a ello, está en el informe", lo sostuvo para que todos lo vieran. "Hay consecuencias eternas". El abogado de Ben rápidamente hizo una moción al Senador Rand para que el informe fuera presentado al comité.

"Gracias, Dr. Strickland", asintió el senador de cabello rizado. "Su informe será revisado y presentado como evidencia". Sorprendentemente, el senador Rand levantó la sesión del comité antes de que se pudieran hacer preguntas a Ben.

"Está de tu lado", recordó el abogado de Ben en el vestíbulo, "Rand no quería que ninguno de esos secuaces te acosara hoy. Él busca la verdad".

"Is there anyone who recognizes the gravity in all this?"

"For my money, everything you said in there is true," the attorney patted his shoulder. "At least you got it on record."

Caminar por el largo pasillo del Congreso de regreso a su furgoneta de espera parecía interminable. "Los humanos se volverán obsoletos, del modo en que vamos".

Justo cuando Ben creía que todo el drama había terminado, un hombre corrió en su dirección por el austero pasillo. El abogado robusto se movió rápidamente para proteger a Ben. La tensión se disipó al ver a Sara siguiendo al hombre corriendo.

"¡Tío Ben!" Gritó su sobrino.

Ben se rió con alegría frente al abogado, "Es mi sobrino."

"Tenía que ver esto por mí mismo", dijo un alguacil corpulento, inclinándose y abrazando fuertemente a Ben. "Te llevamos a casa", declaró de manera afirmativa.

Sara alcanzó a los demás, rodeando con sus brazos el cuello de Ben y dándole un gran beso. "Fuiste muy valiente allí dentro hoy, cariño", dijo ella.

"Nos estamos quedando todos en el Ambassador", dijo el alguacil. "Yo invito, Jessica ya está allí", añadió.

Esa noche, después de la cena, el alguacil llevó a Ben a un lado mientras las mujeres conversaban. "Hay algo más, Tío Ben", dijo sacando una libreta de notas de su maletín. "Es un documento interno. Tenían un plan para interceptarte en el camino o aquí en Washington. Pedí un favor que me debían en el trabajo y les dijeron que se echaran para atrás", explicó.

Ben examinó el documento con sus estadísticas y un registro que mostraba información sobre sus pasos. Al final aparecía un código del gobierno, incluyendo la lista del Senado, la fecha y su hora programada ante el comité.

"No hay favores que yo quiera de parte del Sr. Bates", respondió Ben con determinación.

"No fue del Sr. Bates", respondió el alguacil. "Fue de la Sra. Bates, su esposa, Yolinda. Se está divorciando de él. Dijo que había tenido suficiente, que él estaba rondando la isla de tráfico de niños de Epstein", explicó.

Chapter 12

"Y todo aquel que haya dejado casas, o hermanos, o hermanas, o padre, o madre, o hijos, o tierras, por mi nombre, recibirá cien veces más, y heredará la vida eterna", Mateo 19:29.

De regreso en las montañas de Carolina, Ben y el alguacil compararon notas y trabajaron en formas de informar a más fieles con "Oídos para Oír", como había recomendado el pastor A.J.

A Sara le gustaba cocinar con la esposa de Marshal, Jessica, quien también tenía buena mano para las plantas.

"¡Vamos a plantar un jardín así cuando lleguemos a casa!" llamó Jessica a Marshal desde las altas enredaderas de tomate, una mañana.

"¡Elegiré nuestra cena!"

En el desayuno bíblico de hombres esa mañana, pidieron a Ben que compartiera su testimonio ante el Senado. Después, el grupo discutió sobre la guerra contra los cristianos remanentes en todo el mundo. Y luego continuaron con su estudio de los tiempos del fin.

Para finalizar, el pastor A.J. les planteó una pregunta:

"¿Cuál es la secta más grande del mundo?" Los hombres respondieron por turno, mencionando nombres de grupos religiosos como: *"Los mormones, la Cienciología, los Testigos de Jehová, los musulmanes..."*

"¡Debe ser el Papa y los católicos!" afirmó Marshal.

"¿No han convertido el llamado 'Cambio climático' en una religión?" preguntó James, el hijo de A.J.

A.J. estudió cuidadosamente los rostros de los hombres. "Esto es algo entre nosotros", dijo el pastor A.J. bajando su tono con seriedad.

"Creo que la secta más grande del mundo ahora consiste en todas esas personas que han recibido las inyecciones de alteración de ADN..."

En el estacionamiento, el joven James alcanzó a Ben y le dijo: "Dr. Strickland, disculpe molestarlo, pero tengo una pregunta seria".

"¿Qué sucede, James?" *Ben se sorprendió al ver a Pastor A.J.'s hijo conteniendo las lágrimas.* Agarrándose las manos, habló en voz baja.

"Mi novia me está presionando para casarnos, pero ella se ha puesto la vacuna Moderna y un refuerzo. ¿Afectaría esto mi propia salud o el tener hijos? Hasta ahora, he resistido..."

"¡Ah, bueno, James, eso es bueno! Las investigaciones han demostrado que las proteínas de pico en la sangre de otras personas pueden transferirse a través de los fluidos corporales. Te sugiero que ores al respecto y consultes las Escrituras. Una vez escuché a tu propio padre decir: *'¿Qué tiene que ver la luz con las tinieblas?' y 'no participes en sus abominaciones'."*

"Sé que la Biblia dice que hay que estar 'igualmente emparejados'", asintió James.

Durante el viaje de regreso a casa por la sinuosa carretera que ascendía la colina, Marshal preguntó: "¿Todos esos hombres en el grupo de hombres están libres de la vacuna?"

"Increíble, ¿no es así?" respondió Ben. "Tú tuviste un papel importante en eso, Marshal", sonrió mientras sus ojos se humedecían. "Y la palabra de Dios es poderosa y efectiva". Los ojos húmedos de Ben dirigieron su atención hacia un verso que Sara había pegado en el tablero del coche:

"Y con tus hechicerías y tus sortilegios fuiste descubierta la sangre de los profetas y de los santos, y de todos los que han sido degollados en la tierra." *(Apocalipsis 18:23)*

Al llegar a casa después de la reunión de hombres, vieron a las mujeres afuera regando. Sara llamó: "Miriam está aquí. Le pedí que se uniera a nosotros para cenar". Corriendo hacia la camioneta, ella abrió la puerta del auto de Ben y susurró: "¿Por qué no ves si Charlie está libre esta noche?"

Más tarde, después de una deliciosa cena con productos cultivados en casa, se abrigaron alrededor de la hoguera al aire libre. A medida que el cielo se oscurecía, Marshal se inclinó desde su gran estructura: "Casi se me olvida mencionar que cuando pasábamos por seguridad en el aeropuerto, mi maleta se atascó en la cinta. Inclinándome para recuperarla, había alguien de Seguridad Nacional mirando un monitor. Estaban escaneando a las personas, Tío Ben. No el equipaje, sino a las personas..."

Charlie, parado cerca de Miriam, aguzó sus oídos, "¿Viste lo que mostró el escaneo?"

"Se veía como si algunas de las personas que pasaban por la fila tuvieran partes de sus cuerpos iluminándose en la pantalla. La bioluminiscencia parecía brillar desde el hombro hasta la mano en algunos, mientras que en otros se centraba en la frente", dijo Marshal.

"Wow", fue todo lo que pudo decir Ben, con la mirada fija en la fogata.

"Y en algunos de ellos, estaba brillando en ambos lugares..."

Su breve tiempo en casa les había dado un respiro y una distracción del mundo agitado. Ben había tomado sus días de vacaciones del laboratorio y Sara tenía una amiga cubriendo sus turnos en la preescolar. Ignorando los teléfonos celulares y los mensajes, Ben no estaba al tanto de que varios medios de comunicación importantes estaban clamando por una entrevista con él.

La noticia se había difundido rápidamente después del testimonio de Ben en el Senado, que un informe gubernamental filtrado proporcionaba detalles que vinculaban directamente al Pentágono con compañías farmacéuticas. Miles de millones de dólares en fondos de silenciamiento de los contribuyentes se pagaron de manera encubierta a empresas como Pfizer y Moderna por una inyección de ARNm del SARS Cov-19.

En el caso de la empresa emergente Moderna, nunca habían desarrollado ni siquiera una aspirina antes. "El nombre realmente significa MODeRNA, o 'Modificar con mRNA'", mencionó Charlie desde el laboratorio. "Revisa tus correos y mensajes, Ben, la universidad nos está diciendo que cesemos todo trabajo relacionado con las inyecciones..."

Con renuencia, Ben escuchó los mensajes vitriólicos de su propio jefe de departamento, el Dr. H. Gerald Pidgeon. Era cierto. Había varias llamadas y correos electrónicos causticos para cesar y desistir de investigar todos los productos farmacéuticos, virus y, además, ¡"Cerrar toda comunicación con el mundo exterior"! Ante este amplio mandato, Ben se encontró reflexionando sobre la pompa e imposibilidad. *"Las escrituras en la pared"*, para mí en el trabajo.

Después, tras escuchar a su abogado de Washington D.C., se hizo evidente que las líneas telefónicas se encendían con llamadas de periodistas de todo el país. Todos querían hablar con Ben.

"Estamos llamados a exponer la verdad", aconsejó su abogado. "A veces es más sabio controlar la narrativa. ¿Estarías dispuesto a conceder solo una entrevista?"

"Suena mejor". *Mejor que pasar el resto de mi vida respondiendo preguntas de los periodistas.* "¿A quién sugieres?"

"D.C. Dan afirmó: "Tucker Carlson, él mismo me llamó. ¿Qué te parece él?"

Al discutirlo con Sara, ella brindó un gran estímulo.

"Podría costarme mi trabajo en la universidad", informó él.

"Un precio pequeño a pagar por la verdad", ella lo abrazó fuerte.

"¿Quién sabe? Tal vez Dios usará esto para ayudar a salvar algunas vidas".

A la hora de dormir, él simplemente oró: *"Señor, ayúdame a confiar en ti cuando esté delante de los hombres"*

La siguiente noche, Ben salió EN VIVO en una entrevista exclusiva con Tucker Carlson en FOX. Habían quedado atrás los días de la entrevista en un estudio de televisión, donde uno volaba a Nueva York, Washington D.C. o Los Ángeles, bajo las luces calientes de la cámara en el set. Para la transmisión, Ben simplemente utilizó su computadora de oficina en casa con Zoom, en modo de pantalla dividida.

Desde el principio, el tono y la sonrisa de Tucker tranquilizaron a Ben, "Dr. Strickland, ¿podría darnos una breve descripción de su testimonio reciente ante el comité del senador Rand?" A lo que Ben rápidamente relató detalles sobre las toxinas mortales encontradas en las vacunas.

"Es ciencia observable. Somos los que investigan con un microscopio de alta potencia para ver lo que realmente está ahí", intentó sonar conversacional Ben, como sugirió su abogado.

"El inventor, Nikola Tesla, dijo una vez que la ciencia se había vuelto demasiado teórica y basada en números. Fórmulas. Tomemos estas llamadas 'vacunas'. No se necesita ser un científico de cohetes para ver que más personas se contagian del virus SARS-Covid después de una vacuna o refuerzo. Observamos que después de una de estas inyecciones, hay una proliferación de proteínas de pico del Covid-19. Se filtra en las células y órganos".

"Entonces, ¿está diciendo que las personas se enfermarán por las vacunas?", preguntó Tucker con conocimiento de causa.

"O peor. ¿No conocemos todos a alguien que estaba sano y luego enfermó, o incluso murió después de recibir una de estas vacunas tóxicas?" Ben continuó con más confianza ahora, en su elemento. "El ARNm fue diseñado para modificar genes a partir de un proceso de edición de genes CRISPR-CAS9. Introduce una tercera cadena genética codificada, alterando esencialmente nuestro ADN dado por Dios. Es irreversible." *Tal vez esto reveló demasiado...*

"¿Estamos hablando de un potencial transhumanismo?", Tucker giró lentamente la cabeza de lado a lado.

"¡Horroroso! Es horroroso considerar las consecuencias desconocidas aquí". Luego cambiando de dirección, Tucker preguntó:

"¿Eres cristiano, verdad, Dr. Strickland? Una ocurrencia rara para un científico en estos días..."

Ben recogió sus pensamientos, sin esperar la pregunta. Una Escritura vino a su mente, "Confía en que te daré las palabras en el momento"... "Hay más de nosotros de lo que la gente se da cuenta", respondió finalmente. "Una vez más, para muchos es la ciencia observable. Recientemente tuve un colega que llegó a creer en nuestro Creador después de darse cuenta de que Génesis es historia. El relato del diluvio de Noé es real. Un área como el Gran Cañón se formó bastante rápidamente, no en miles de millones de años, como dicen los darwinistas. ¿Y el Big Bang? ¿No causan las explosiones destrucción en lugar de creación? Observamos orden y belleza en la naturaleza. Dios diseñó el genoma humano para la curación natural. Considera el colibrí o los ojos en las plumas del pavo real. Toda la creación gime por Dios. La Biblia en Juan dice que Jesús - Yeshua - estaba con Dios desde el principio y que todas las cosas fueron creadas a través de Él. Y el hombre es creado a su imagen".

"Amen", asintió Tucker. Oh, una última cosa, Dr. Strickland. "¿Qué nos puede decir sobre la conexión del Pentágono, los contratos y sobornos con los fabricantes de estas inyecciones?"

"Preguntemos: ¿fue esta una operación militar? ¿Por qué quieren que todo el mundo en el mundo tome estas inyecciones debilitantes?"

"La Biblia se refiere a *marcar*. Mi esperanza es que los senadores, como Rand y Johnson, continúen investigando más a fondo y examinen las conexiones entre DARPA, HHS y NIH".

"El 'Estado Profundo' - interrumpió Tucker. 'Necesitan seguir el dinero. Y esperamos que haya otros dispuestos a presentarse como usted. Gracias por su tiempo, Dr. Strickland'. Y así terminó todo".

Un pasante en la sala de prensa apareció en su pantalla y le preguntó a Ben cómo pensaba que había ido todo. "¿Hay alguna pregunta que tengas?".

"Por favor, agradece a Tucker de mi parte y averigua si pueden averiguar qué pasó con el Dr. Cole y aquellos médicos y científicos que han desaparecido. Ah, y por favor investiga la conexión de óxido de grafeno/farma con las torres 5G."

Abriendo la puerta de su oficina en casa, Sara y el perro lo abrazaron al mismo tiempo. "¡Buen trabajo cariño! Lo vimos con el nivel de sonido bajo para no molestarte. ¡Jessica y yo te preparamos un pastel de chocolate con mayonesa!"

Abriéndose camino hacia la cocina, él se rió. "Falta un pedazo". Marshal estaba recostado en la silla favorita de Ben."

"Veo que tienes algunas migajas en la comisura de la boca."

"Ciencia observable", dijo Marshal apuntándole con un tenedor.

Más tarde, mientras se preparaba para dormir, sonó el teléfono celular de Sara. Era su padre de la costa oeste.

"¿Está Ben cerca?" preguntó. "Lo vi en la televisión ahora mismo."

"Bueno, es tarde aquí, papá, pero gracias por llamar", dijo Ben asintiendo mientras se cepillaba los dientes y ella activaba el altavoz del teléfono.

"Esa fue una entrevista muy interesante, Ben. No tenía idea de que habías estado tan involucrado en todo esto. Estoy empezando a darme cuenta de que estas vacunas no son lo que se suponía que eran".

"Gracias por llamar, papá. Fuiste tú quien me educó diciéndome que *un virus muta demasiado rápido como para que una vacuna sea efectiva y que cinco años de pruebas era lo estándar*'".

"Sí, y creo que tienes razón. Estas no son vacunas en absoluto, ¿existe alguna forma de que alguien inoculado con este ARNm pueda hacerse pruebas para detectar posibles problemas?".

"Hemos escuchado que se realizan pruebas de anticuerpos, o una prueba de dímero D, para detectar coágulos. Hay varios protocolos para desintoxicarse de las proteínas de pico cuando alguien se enferma".

"Te enviaremos por correo electrónico algunos regímenes naturales".

Cambiando de tema, Ben animó diciendo: "¿Cómo va ese gran swing de golf?"

"Todavía juego al golf a mi edad, pero es más difícil conseguir distancia", respondió el padre de Sara.

Sara intervino: "Me enseñaste a hacer el swing como *torciéndome dentro de un barril*' y a mantener la cabeza baja con los ojos en la pelota".

"Hablando de sentirse un poco abajo - tengo que admitir que no me he sentido del todo igual desde que me pusieron esa maldita vacuna de Pfizer".

"¿Puedo orar por ti, papá?".

"Querido Padre Dios. Oramos por la salud de mi padre, y pedimos sabiduría y conocimiento. Oramos para que cualquier cosa que no sea de Ti sea expulsada, purificada y lavada por la sanadora y amorosa sangre de Jesús. ¡Y gracias por seguir cantando, Señor!".

Al final de la semana, Marshal recibió una llamada de un amigo en Macrosoft. Quería reunirse con Ben para hablar sobre la Marca de la Bestia.

"Conociste a Jon en nuestra boda", recordó Marshal. "He trabajado con él durante muchos años y confío aún más en él ahora que es creyente. Jon es nuevo en el cristianismo, tío Ben, pero realmente sabe lo que está sucediendo desde dentro", explicó.

"¿Cuándo y dónde quiere reunirse?".

"Dijo que volará desde Bellevue y se reunirá esta noche, luego nos llevará de regreso a casa en avión".

Bajo la cobertura de la oscuridad, Jon los estaría encontrando en la pista de aterrizaje de un aeropuerto privado ejecutivo en Asheville.

Ben se dio cuenta de que este joven era un hombre adinerado cuando el piloto mayor se dirigió a él como "señor" al bajarse del Falcon.

Después de discutir el libro de Apocalipsis, la Marca y su propia fe personal, Jon cambió de tema: "Miren, esperamos que las personas que recibieron las vacunas hayan recibido un placebo o una de las inyecciones que no contienen las propiedades de cambio de ARN / ADN. Solo Dios sabe con certeza. ¿Él es el juez final, ¿verdad?"

"Si," Ben afirmó.

"Aprecio mucho todo lo que has estado haciendo para difundir la palabra sobre los planes de la élite global", dijo Jon mientras extendía la mano para estrecharla, subiendo la escalera hacia el Leer Jet. Luego, metiendo la mano dentro de su chaqueta, le entregó un sobre a Ben, "Por favor, léelo más tarde", dijo, "Lo escribí una noche después de llegar a la conclusión definitiva, es un poco áspero, pero creo que es verdad", concluyó Jon.

Ben le agradeció y le entregó una de las Biblias pequeñas: "Hay un versículo de cada uno de los libros de la Biblia ahí".

Caminando los escalones hacia su avión, Jon llegó a la cima.

Golpeando en el costado, ofreció: "Oye, avísame si alguna vez necesitas tomar prestado esto para una escapada", sonrió. "Entenderás más después de leer el final de mi carta".

Deteniéndose en un restaurante de comida rápida abierto toda la noche, Ben abrió la carta de un tirón. Estaba escrita con una tipografía clara en varias páginas más pequeñas. Leyó:

¿Por qué lo que están llamando una "vacuna" es la "Marca de la Bestia"?

¿Por qué la gente no lo entiende (que es la MOTB)? Es porque ya lo han tomado o están siendo engañados por el diablo. Aquellos que beben alcohol o ya toman drogas y medicamentos son mucho más propensos a tomarlo.—**¿Llegó por medio del engaño?**

En Apocalipsis 18:23 dice: "Porque todas las naciones han bebido del vino del furor de su fornicación

Entonces, ¿todas las naciones han sido engañadas? La respuesta es "¡Sí!" Todas las naciones fueron cerradas hasta que aceptaron promover las vacunas.

—La '¿Plandemia?' Toda la 'PlanDemia' fue hecha para la vacuna, no al revés.

—¿Ha sucedido esto antes? No, todas las naciones fueron engañadas...

—¿Es una "vacuna"? ¿Realmente es una vacuna? ¿O es parte del engaño? No, no cumple con la definición de una vacuna tradicional, lo llamaron vacuna para engañar.

—¿Qué hace realmente? ¿Qué dijeron que no haría, pero en realidad sí hace? ¿Cambia el ADN, ¿verdad? Al principio, se jactaron de haber encontrado una manera de cambiar el ADN. Luego dijeron que no cambia el ADN, pero lo hace... así que ya no eres creado a imagen de Dios, estás creado a imagen de la bestia. Crea una triple hélice, agrega cromosomas adicionales con otro ADN de laboratorio. ¿No te conviertes en un híbrido si lo tomas?

—¿Te dijeron que contenía? ¿Te dijeron que había en esta supuesta vacuna? No, ¿verdad? No te lo dijeron.

—¿Qué había en la lista de ingredientes? Todo lo que incluyeron con los viales fue simplemente una página en blanco. Estaba vacía, ¿verdad?

¿Te dijeron lo que contenía? ¿Te dijeron lo que había en esta supuesta vacuna? No, ¿verdad? No incluyeron nada en los viales, solo una página en blanco. Estaba vacía, ¿no es así? No te dijeron que había quimeras y otras células animales, ADN animal, ADN no humano. Se olvidaron de decirte que también contenía células fetales de bebés abortados, partes de bebés asesinados. ¿Te dijeron que recibes una dirección MAC y que te implantan un chip con esta supuesta vacuna? ¿Cómo sabes realmente si tienes el chip? Es simple. Descarga la aplicación Bluetooth y ve a un lugar público con Wi-Fi y verás tu dirección MAC aparecer en Bluetooth. MAC significa Control de

Acceso al Medio. Las personas vacunadas aparecen en Bluetooth. ¿Por qué alguien aparecería en Bluetooth si es solo una vacuna? Porque te están rastreando. Decepción. Estas vacunas contienen nanotecnología autoensamblable. Los nanobots se ensamblan una vez dentro del cuerpo. Entonces, cuando estás en una multitud, ¿las personas vacunadas están liberando o emitiendo peligrosa radiación electromagnética, entre otras cosas? ¡Debemos preocuparnos más por estar en proximidad cercana a aquellos que han recibido las vacunas, no al revés!

—**¿Es seguro y efectivo?** ¿Está haciendo lo que dicen que hará? ¿Previene la enfermedad? No, no y no, no hay beneficios, ninguno en absoluto. Cero. Pregúntese por qué están empujando esto con tanta fuerza si no hay ningún beneficio. Hay un beneficio para ellos, pero no para quienes lo toman. ¿Qué hace realmente? Coágulos sanguíneos. Da coágulos de sangre. ¿O es esto el autoensamblaje del óxido de grafeno y la proteína Spike proliferando en todo el cuerpo?—-Entonces, definitivamente no es seguro y efectivo, ya que definitivamente no es una vacuna. Una vacuna no tendría una dirección MAC y tecnología de autoensamblaje. Una verdadera vacuna no cambiará tu ADN. No habrían tenido que engañar a nadie si realmente fuera una vacuna segura.

—**¿Tiene el nombre de Luicfer dentro?**

Si lo tiene, es '*Luciferase*'...

Lo llaman "Luciferase", es bioluminiscente. En Apocalipsis 13, dice "Y hacía que, a todos, pequeños y grandes, ricos y pobres, libres y esclavos, se les pusiera una marca en la mano derecha o en la frente, para que nadie pudiera comprar ni vender sin tener la marca, que es el nombre de la bestia o el número de su nombre". Así que con Luciferase quedas marcado. Apareces bajo las luces púrpuras bioluminiscentes o en los escáneres de los aeropuertos. Las personas que lo toman pueden aparecer fácilmente en todas partes. Por eso están instalando todas estas luces púrpuras alrededor del mundo; para que puedan ver la bioluminiscencia en una persona. Te está marcando, rastreando a donde quiera que vayas. ¿Luciferase? Es real, búscalo... lleva el nombre de la Bestia. ¿Por qué se empuja tanto el falsa prueba nasal tan adentro? ¿Qué hay realmente en él? ¿Se están burlando de nosotros? La respuesta es "sí".

—Y Apocalipsis 13 también dice: "Y la cifra de su nombre". Y su cifra es seiscientos sesenta y seis.

Entonces, ¿hay una patente que termina en 060606? ¿Estaban tratando de engañar con esto? Cuando eliminamos los ceros, como hacemos con la programación informática, se convierte en 666.

—Y el nombre? ¿El nombre es realmente '¿La Raza de Lucifer,' verdad? ¿Están aquellos que lo tomaron ahora formando parte de '¿La Raza de Lucifer,' en lugar de ser uno de los hijos de Dios hechos a Su Imagen? ¿Se convierten las personas que lo toman en parte de la raza de Lucifer? Muchas de estas inyecciones cambian literalmente el ADN.

—¿Por qué una vacuna tendría tantos materiales que no pertenecen al cuerpo humano? El óxido de grafeno no pertenece al cuerpo humano. ¿Por qué la gente está siendo magnetizada? ¿Por qué alguien puede pegar una llave a su piel y se queda en su lugar? Es porque están magnetizados. ¿Por qué? Se trata de estar en la red.

Fue llevado a cabo por engaño, engañaron a todas las naciones, lo llamaron vacuna cuando en realidad cambia el ADN, crea una triple hélice, contiene todo tipo de materiales tóxicos que no deberían estar allí, practican la brujería satánica, partes fetales de bebés asesinados, ADN de quimera y de animales, parásitos, nanotecnología, óxido de grafeno, y tiene luciferasa, una bioluminiscencia que marca y rastrea a alguien. Nos dicen que es "Raza de Lucifer".

¿Y la nanotecnología, el óxido de grafeno y los metales en las vacunas? ¿Para qué eran estos? Para el 5G. Pregúntese, ¿por qué estaban instalando el 5G cuando todos estaban encerrados? Sirve como transmisor y receptor. Los que tomaron las llamadas vacunas, pueden ser controlados por una fuente externa.

La nanotecnología, la dirección MAC, creando a las personas para convertirse en un sistema operativo, ¿por qué? Porque las personas necesitarán tomar esta inyección que altera el ADN para poder comprar y vender. Eso está claro en el Libro del Apocalipsis como parte de la marca de la bestia. Por lo tanto, puede pasar de lo que llaman una vacuna - a La Marca. El pasaporte de vacunación dentro de alguien es una identificación digital, que ahora se está estableciendo para permitir que una persona compre y venda. Es crucial para los elitistas globales asegurarse de que su ADN esté cambiado, antes de permitir que compre y venda. Pero un creyente en Jesús tiene la verdadera marca de Dios.

Estas no son vacunas; ¿fueron planeadas para 'marcar' a una persona? Además, estas inyecciones también están matando a personas en todo el mundo. La identificación digital, o el pasaporte de vacunación, fuera del cuerpo, no condenará a una persona, pero es la mordedura de serpiente de ADN del diablo que altera el ADN, necesaria para comprar y vender, lo que puede condenar a una persona.

La carta terminó, pero había una nota escrita a mano con varios versículos de la Biblia al final.

Querido tío Ben, (espero que no te importe que te llame así). Gracias por ser un creyente que dice la verdad en estos tiempos. Gracias a que compartiste tu fe con Marshal, ahora soy un "creyente renacido" en Jesucristo. Él es el Señor y líder de mi vida. Se acerca un momento en el que quizás no podamos comunicarnos así, y quería agradecerte personalmente y obtener tu opinión sobre mi carta. Arriba está mi información de contacto personal.

OTRA COSA MUY IMPORTANTE:

Temo que debas considerar desaparecer por un tiempo después de tu testimonio ante el Senado. Digamos simplemente que escuché algunas cosas sobre silenciar a la oposición. Si llega a eso, por favor contáctame o a Marshal y haremos todo lo posible para ayudar. ¡Aparte de eso, que Dios bendiga al remanente! Jon

Aquí hay algunos versículos que van con mi carta:

"El diablo vino para robar, matar y destruir, y para 'marcar' con su número, y su nombre, y su ADN. Pero "Jesús vino para dar vida y vida en abundancia".

"Yserán atormentados día y noche los que recibieron la 'Marca' de su nombre." *Apocalipsis 14:11*

"Y los hombres fueron quemados con gran calor y blasfemaron el nombre de Dios, que tiene poder sobre estas plagas, y no se arrepintieron para darle gloria. Y el quinto ángel derramó su copa sobre el trono de la bestia, y su reino se llenó de tinieblas, y mordían sus lenguas de dolor. Y blasfemaron contra el Dios del cielo por sus dolores y sus llagas, y no se arrepintieron de sus obras." Apocalipsis 16:9-11

A la mañana siguiente, Ben escribió una respuesta rápida a Jon: Tu carta coincide con mis convicciones sobre esta multitud/vacuna.

Estamos viviendo "Como en los días de Noé", cuando los demonios entraron en las hijas de los hombres, cambiando su ADN, Creando una raza de gigantes malvados y su descendencia perversa, y Dios envió el diluvio (Génesis 6). Solo ocho personas subieron al Arca. Una vez más, con el ADN del diablo, estamos en los días de Noé, como Jesús dice en el Libro de Mateo. Prepárate para que se abran las compuertas. Bendiciones por la reunión y la advertencia sobre nuestra seguridad, con una oferta de ayuda, oraremos al respecto. Confiando en Jesús y la gran comisión, Ben

Aquí hay una escritura que ayudó a abrir nuestros ojos:

"Y la luz de una vela no brillará más en ti; y la voz del novio y de la novia no se escuchará más en ti: porque tus comerciantes fueron los grandes hombres de la tierra; porque con tus hechicerías (pharmakeia) fueron engañadas TODAS las naciones". Apocalipsis 18:23

"SALGAN DE ELLA MI GENTE"

El siguiente día de descanso lo pasaron Ben y Sara en oración, ayuno y lectura de las Escrituras. Juntos buscaron dirección de Dios.

Estudiando más el Apocalipsis y Mateo 24, Ben compartió: "Algunos serán martirizados o incluso decapitados por su amor a Cristo. Pero un remanente será ocultado de la ira de Dios".

Buscando en sus notas, ella respondió: "En Apocalipsis 18:8 dice: *'En un solo día serán destruidos tus comerciantes. Y los que negocian con la Bestia llorarán y se lamentarán cuando la vean destruida'"*.

"¡Comerciantes de Pharmakeia! En Mateo 24, Jesús dice: '¡Huid a las montañas!'", interrumpió Ben con fervor.

Sin desanimarse, Sara continuó: "Esto es Babilonia, la 'Ciudad del Comercio' que se hizo rica por la hechicería de la Pharmakeia; los productos farmacéuticos"

"Tiene que ser Nueva York, o más bien TODO el país."

Ella continuó diciendo: *"Por lo tanto, sus plagas vendrán en un solo día, muerte y llanto y hambre; serán quemadas por completo en el fuego; porque el Señor Dios que la juzga es poderoso".*

"Quizás sea hora de considerar mudarnos a un campo misionero remoto", ella sabía cuándo su tono era serio.

"Bueno, si nos vamos a ir, ¿qué haríamos con la querida Kimmy?

"Estoy seguro de que Miriam estaría encantada con un perro guardián bien entrenado y el mejor amigo hasta que nos adaptemos", terminó él. En ese momento, una lágrima se formó en la esquina de su ojo. No solo lamentaba la pérdida de su fiel mascota; pensamientos de dejar a su familia, amigos y a sus queridos estudiantes preescolares también le dolían el corazón.

Temprano por la mañana, recibieron una llamada del Pastor A.J.: "Gracias por enviarme tu sinopsis sobre la alteración de las semillas de Dios".

We added it to the church site, and it created quite a stir.

At tomorrow's service my own discovery may surprise you!"

La sinopsis de Ben dice:

Muchas personas en todo el mundo se han aplicado las inyecciones de ARNm u otros adyuvantes proteicos, creyendo que se estaban ayudando a sí mismas o a otros. Muchos recibieron lo que etiquetaron como una "vacunación" debido a la manipulación del gobierno y los medios de comunicación. Muchos se alinearon para recibir las vacunas por miedo. Como investigador de laboratorio genético y seguidor de Cristo, descubrimos que estas "inoculaciones" más bien causarán enfermedades o incluso la muerte a uno mismo o a otros.

Si no has recibido ninguna inyección, no las recibas. ¡NINGUNA, ni siquiera una! Si ya has recibido alguna, POR FAVOR no te apliques más inyecciones y ruega a Dios por sanación y perdón. Recuerda que el Señor tiene misericordia con nuestro arrepentimiento. Lamentaciones dice: "Las misericordias del Señor son nuevas cada mañana; grande es tu fidelidad".

Ahora bien, estas "inyecciones" de ARNm y adyuvantes tienen la capacidad de atravesar el núcleo y transcribir el ADN en las células. Están creando ADNc, ADN complementario, que puede ser propiedad y patentable de las compañías farmacéuticas. El ARNm lleva instrucciones, una carga útil, y agrega un genoma adicional de 72.000 al ADN de una persona, una Triple Hélice.

Cuando estudiamos todas estas estructuras bajo un microscopio electrónico, descubrimos que los viales contenían nanocintas de grafeno, los hidrogeles de Darpa, chips nanotecnológicos autoensamblables, parásitos y luciferasa, para marcar y rastrear.

Todas estas mismas estructuras ahora se están encontrando en literalmente todos los tipos de inyectables imaginables: vacunas contra la gripe, la polio, el sarampión, todas ellas. Están creando híbridos humanos con parásitos y ADN animal. Estamos en los días de Noé, como dijo Jesús. La Biblia dice que debemos "salir de ella, pueblo mío", y apartarnos como creyentes. Implora la sangre de Jesús para que Dios nos salve en estos días peligrosos. ¡Jesús viene pronto: Maranatha!

En la pequeña iglesia blanca, por la mañana, la pantalla de video transmitió un mensaje convincente:

**El AND es la huella sagrada de Dios
en nosotros.
¡No permitas que los demonios lo
corrompan!**

Después de varias canciones de adoración y alabanza, el pastor A.J. llamó a Ben y Sara hacia adelante. "Muchos de ustedes han llegado a conocer y amar a esta pareja especial durante su tiempo aquí".

A.J. puso sus manos en los hombros de cada uno de ellos. "¡Tenemos noticias emocionantes! Ben y Sara han sido llamados al campo misionero; Ben ayudará con la instrucción de cuidado de la salud y Sara enseñará inglés a los niños del pueblo."

"Compartiendo el mensaje del Evangelio también, por supuesto", interrumpió Ben.

Llamando a otros hacia adelante, los líderes se turnaron para dar sinceras 'Oraciones de envío' por su nueva vida en las "Montañas de Centroamérica".

En su mensaje, el pastor A.J. predicó metódicamente: "He aprendido bastante sobre el ADN de Ben, el Dr. Strickland."

"Hemos discutido las ramificaciones científicas y espirituales de todo lo que se está desarrollando ahora. El nombre santo de Dios arroja aún más luz sobre esto. Traten de seguir conmigo", dirigió A.J. la atención de todos hacia la gran pantalla.

"El genoma del ADN es una hélice de lado derecho compuesta por Adenina, Timina, Citosina y Guanina. La hélice se mantiene unida por enlaces sulfurados que aparecen después de cada diez pares de nucleótidos", dijo A.J. levantando la vista de sus notas. "¿Cómo lo estoy haciendo hasta ahora, Dr. Strickland?"

"¡Genial, pastor! Solo llámame, Ben, todos estamos contigo...", respondió Ben.

A.J. continuó predicando, señalando la pantalla de vídeo: "Se repite cada 5 pares, cada 6 pares y cada 5 pares de nucleótidos. Eso es 10 - 5 - 6 - 5, o en el alfabeto hebreo (Aleph Bet) YOD HE VAV HE, o YAHWEH."

"El santo nombre de Dios en la Biblia." La pantalla de vídeo mostró: Y - H - V - H.

10 5 6 5

"Es la firma de Dios, nuestro Creador. Está en cada célula. Él está firmando su pintura, por así decirlo... Ahora, este ARN mensajero está agregando otra hebra de ADN con las inyecciones", explicó A.J.

"En hebreo, la tercera hebra cambia el nombre. En hebreo se convierte en: 10 - 5 - 6 - 5 - / 6 - 6 - 6. ¡La tercera hebra corresponde en hebreo a 666! O como dice en Apocalipsis, seiscientos sesenta y seis. 6 veces 60 veces 600 es:", dijo A.J.

"216,000. Cuando se suman ambos lados y otros 72,000, da un total de 216,000. - No está mal para un tipo que sacaba C en matemáticas", bromeó A.J. mientras las comisuras de su boca se curvaban bajo su espesa barba.

Alcancé un vaso de agua mientras levantaba simultáneamente la antigua Biblia KJV, sosteniéndome bajo su peso", dijo A.J.

"¿Qué significa todo esto entonces? Permítanme leer una escritura: 'Aquí hay sabiduría. El que tiene entendimiento, calcule el número de la Bestia, porque es el número de un hombre; y su número es seiscientos sesenta y seis'. Es el nombre del Diablo. Pero el nombre santo de Dios, Y H V H, está escrito en aquellos que son hechos a su imagen. Y las marcas del Diablo están escritas 'EN' aquellos que se lleva consigo al abismo", dijo A.J. mientras dirigía su mirada al cielo.

"En Apocalipsis 7:3, un ángel declara: 'No dañéis la tierra ni el mar ni los árboles, hasta que hayamos sellado en la frente a los siervos de nuestro Dios'", dijo A.J.

Apartándose de las notas escritas a mano, preguntó: "¿Estás sellado por Dios con Su marca sagrada?" Y comenzó a moverse poderosamente en el poder del Espíritu Santo.

"Escucha, debemos tener cuidado como creyentes aquí. No nos corresponde condenar. Al final del día, esperamos que aquellos amigos, familiares y hermanos que toman el veneno del diablo hayan recibido un placebo", dijo A.J.

"Probablemente sea raro, y posiblemente hayan tomado solo uno y no sea de ARN mensajero que altera el ADN con Luciferase o la capacidad de marcarlos. Afrontémoslo, las posibilidades disminuyen exponencialmente con más de una dosis. Al mismo tiempo, ¿cuántas personas oraron al Señor y consultaron las Escrituras antes de tomar estas toxinas?", dijo A.J.

"La Escritura dice, *'Por tanto, amados míos, como siempre habéis obedecido, no como en mi presencia solamente, sino mucho más ahora en mi ausencia, ocupaos en vuestra salvación con temor y temblor, porque Dios es el que en vosotros produce así el querer como el hacer, por su buena voluntad.'*"

"Bueno, estoy temblando en este momento ante un Dios Santo, Justo y Todopoderoso, y no voy a tomar uno. Muchos de ustedes saben que soy un ex miembro de las Fuerzas Especiales del Ejército de los Estados Unidos. Nos entrenaron para recibir una bala por los demás. Pero no para tomar la marca de la Bestia. ¿Es esta una colina en la que morir?"

A.J. estudió sus rostros sombríos ahora clavados en cada palabra. Citando a Josué, respondió su propia pregunta, 'Para mí y mi casa, serviremos al Señor.' Para mí es..."

De repente, la anciana de cabello gris se levantó y declaró: "¡Amigos! ¡Si no lo ven como la marca de la Bestia, eventualmente lo tomarán!" La habitación quedó en silencio. Atónita.

Terminando el sermón, A.J. hizo la pregunta que estaba en la mente de todos, "¿Es posible arrepentirse?" Las palabras retumbaron, quedando solas en el húmedo aire de verano: "El Apocalipsis continúa diciendo, 'La luz de la vela ya no brillará más en ellos'". Mirando al cielo de nuevo, concluyó: "Que Dios tenga misericordia, que Dios tenga misericordia de todos nosotros".

A la mañana siguiente en el trabajo, Ben fue despedido. Parecía que el Dr. Pidgeon se regocijaba al llamarlo a su oficina: "Mala suerte, Ben. Y el próximo mes eras elegible para la tenencia". La única razón dada fue "recortes".

Charlie prometió encontrarles otra posición, sin embargo, Ben sabía que el Señor le estaba diciendo: "¡Salid de ella, pueblo mío!"

La siguiente semana se dedicó a prepararse. Parecía una tarea desalentadora empacar toda su vida en una o dos maletas. Sin embargo, era menos pesado considerar la posibilidad de irse a un terreno más elevado, ya que escenas trágicas alrededor del país y del mundo se sucedían, con colapso económico, disturbios, asesinatos masivos, "guerras y rumores de guerra". Esta vez, nuclear.

Un tsunami catastrófico aquí, o un terremoto allá, se producían a diario. Un evento de ocho puntos en la escala de Richter sacudió desde Turquía hasta las Alturas del Golán en Israel, matando tristemente a miles. Y actualmente, un huracán de categoría 4 azotaba frente a la costa. Agradecidos de estar a salvo en las montañas de Carolina, pero se dieron advertencias de vientos fuertes que podrían derribar árboles e incluso generar tornados.

Ninguno de los principales científicos que Ben conocía creía en absoluto en el llamado Cambio Climático. Él sabía que el hombre a menudo se entrometía en el clima de Dios debajo del Firmamento, pero también sabía que el juicio del trono de Dios prevalecía. "Noé sabía todo sobre el cambio climático", decía Ben en el grupo de hombres.

Quizás estoy comiendo por estrés, Sara rumió una mañana, *mi cintura se siente un poco gruesa y todos mis vestidos parecen ajustados. ¿Estoy siendo egoísta? En este momento, uno de los primos de Ben está en un campamento de cuarentena en Canadá. Sin embargo, sin la vacuna.*

El temor se convirtió en alegría cuando su hogar se vendió rápidamente.

El día después de firmar un contrato de venta, el Decano de su Universidad llamó directamente a Ben, ofreciéndole su trabajo de vuelta con un aumento de sueldo. "El Dr. Pidgeon está en pausa. Entre nosotros, se descubrió que recibió pagos no autorizados de varias compañías farmacéuticas".

Ben declinó amablemente la oferta, diciendo que tenía esperanza en el Laboratorio y que se mantendría en contacto. Una misión lo llamaba.

Sara recordó a los niños inocentes y a las personas orientadas a la familia que había llegado a conocer en sus propias misiones anteriores. *Los niños siempre eran tan queridos en cualquier parte del mundo. Con suerte, enviarían a Kimmy o su familia podría visitarla. Las palabras de Jesús resonaron ahora en su mente: "Todo aquel que deja casas, hermanos, hermanas, padre, madre, hijos o tierras por mi nombre, recibirá cien veces más y heredará la vida eterna..."*

Ben había prometido "¡lo primero es lo primero!" *Plantarían un jardín orgánico en su hectárea de tierra en las montañas. La casa no era tan importante para ella. Se imaginaba una casa con la pintura descascarada y las malas hierbas asomando por el cemento agrietado.*

Temprano en la mañana, Charlie y su vecina, Miriam, los llevaron al aeropuerto GSP. Sara apoyó la cabeza en el regazo de Ben en el asiento trasero, *una hora y media a Greenville, sin tráfico.* Durante el viaje, Charlie fue alentado a seguir trabajando en el Laboratorio y publicar su trabajo combinado.

Ayudando con sus bolsas desde la camioneta, Charlie dijo: "¡Queremos visitarte, Ben!" Hubo un abrazo grupal, una oración de envío y algunas lágrimas.

Caminando hacia la terminal, Ben mencionó: "¿Notaste que estaban tomados de la mano?"

"Y Charlie abrió su puerta del auto y dijo 'nosotros'", sonrió Sara mientras rodaba sus maletas hacia el mostrador de boletos.

Al abordar el avión, la oración de Sara se alejó de la seguridad del vuelo para el Capitán, *aunque muchos habían experimentado problemas cardíacos o situaciones cercanas mientras estaban en el aire debido a las vacunas obligatorias.* En su lugar, su oración fue tanto más amplia como específica.

En el pasillo, susurró: *"Querido Señor, 'Bendícenos de verdad, amplía nuestro territorio, ¡pon tu mano sobre nosotros y aleja al malvado!'"*

Al levantar sus maletas en los compartimentos superiores, Ben añadió: "Y Señor, ayúdanos a pasar todas estas semillas orgánicas por la aduana".

Reclinarse en el asiento provocó un suspiro de alivio. Ben había considerado llamar a Jon, quien les había ofrecido su avión privado, el halcón. Pero la pretensión era una consideración donde se dirigían, y ahora esperaba mezclarse con la multitud.

Ben había investigado un campo misionero abierto al Evangelio, libre de cualquier mandato. Sin máscaras, sin pruebas, sin vacunas. El pastor de habla hispana incluso había dicho: *"Ni siquiera las máscaras que apestan."*

Sara tradujo: "Nunca usan máscaras, y las máscaras apestan", se rió.

"Es un grupo remanente completamente independiente, como La Pequeña Iglesia Blanca, donde los pastores ni siquiera reciben un salario", explicó Ben.

"A.J. cree que nos dirigimos hacia la 'iglesia orgánica, clandestina', como en el libro de los Hechos", recordó Sara.

Ahora a bordo del 737, Ben recordó todo por lo que habían pasado en los últimos años. El ángel en el libro de Daniel dijo que las cosas aumentarían, moviéndose más rápido, en los últimos días. Él consideró que esto sólo sería posible a través de la tecnología.

Primero, Ben hizo oraciones silenciosas por aquellos que conocía que estaban muriendo o quedando mutilados por el arma biológica, las vacunas o los protocolos hospitalarios. También recordó los nombres de aquellos que habían expuesto las verdades y que misteriosamente habían desaparecido, como Marcus Lamb, Russ Dizdar, Rob Skiba, o el Dr. Zelenko. Todos ellos habían estado en la convención. Según los informes de VAERS del sitio web de los CDC, había un millón más de personas afectadas.

Tantos de los que murieron repentinamente a edades más jóvenes incluyeron estrellas deportivas, actores famosos, presentadores de noticias, escritores o militares y socorristas. Ben incluso conocía a tres médicos rusos que cayeron misteriosamente desde las ventanas del hospital.

No muchos, como Stew Peters o Robert F. Kennedy Jr., seguían adelante después de exponer la verdad sobre las inyecciones.

"Un penique por tus pensamientos", Sara sostuvo su mano con fuerza mientras giraban a la izquierda después del despegue.

"Mejor hágalo en colones, nuestra nueva moneda", dijo ella sintiéndose agotada por los eventos recientes del día y por algo que la afectaba físicamente, aunque no quería considerarlo completamente ni compartirlo. Sin embargo, su corazón estaba lleno, sabiendo que el Señor estaba guiando sus pasos. "Hay algo que necesito decirte, Ben".

"¿Qué pasa cariño?"

"No parecía ser el momento adecuado, ¿y ahora en pleno vuelo?"

"Estamos estabilizados", tranquilizó él. "Me encantaría saber..."

"Umm, han pasado más de tres meses desde mi último período"

"¿Qué?" dijo mientras pasó saliba.

"Lo sabes, suena como un milagro a mi edad, pero creo que podríamos estar esperando un bebé..."

El avión se balanceaba suavemente de lado a lado mientras Ben abrazaba la noticia. Cerrando los ojos por un momento, sus dedos largos acariciaron su mano. Querido Señor, oró, ¿podría ser esto verdad? Entonces, en una voz suave y tranquila, vino una dulce respuesta. Suavemente, su mano se deslizó hacia abajo, ahora sobre su vientre.

"Entonces, tengamos a este bebé en casa. Tengamos a este bebé en nuestra nueva casa", dijo Ben en respuesta.

Post Script

Elevándose por encima de una gruesa capa de nubes, su avión alcanzó la altitud de crucero en cuestión de minutos. En lo alto, sobre una suave brisa del sur, estarían sobre la capital de Georgia. Muy por debajo de ellos, frente a los Centros para el Control y la Prevención de Enfermedades, en Atlanta, se encontraba un alto predicador callejero sosteniendo un cartel; cabello largo oscuro y barba enredada. Varios transeúntes se esforzaron por descifrar las palabras proféticas que venían rápidamente en un grueso acento de Georgia:

"Lo trataré como si fuera la **Marca**: ¡yo y mi familia nunca lo recibiremos! Todos conocemos personas que lo han recibido, o que han tenido seres queridos que lo hicieron. Muchos de ellos ya han muerto. Si es la Marca, ¿qué escritura dice que hay salvación para quienes la reciban?"

"¡Tiene LucifeRAZA en él! **¿Sin pinchazo, sin trabajo?** Cambia el ADN. ¿Cuánto más obvio debe ser que la gente NO debe recibirlo!? La gente no se detuvo en uno. ¡SIGUIERON recibiendo más! Todavía están bebiendo el Kool-Aid. Se lo dieron a sus hijos, como si pertenecieran al culto de Jim Jones."

"Jesús mismo dice, 'Que el que lea entienda'. Para los inocentes, oramos por la misericordia de Dios. Mi corazón no quiere dejar de creer en los milagros y la sanación".

El predicador levantó su megáfono: "En algún momento, Dios dice: *'Dejen que los malvados sigan siendo malvados. Dejen que los justos sigan siendo justos'.* Estamos llamados a advertir, orar y compartir la Palabra de Dios. Ser un 'Centinela en la Muralla'. Si las personas no escuchan, sacudimos el polvo de nuestros pies y seguimos adelante. Hace tres años, envié a todos mis familiares y amigos un video de advertencia sobre las inyecciones, ANTES de que se lanzara. La Dra. Carrie Madej es de aquí en Georgia. Si es la Marca, le dije a mi esfera de influencia. Todavía estoy advirtiendo. Cuando las personas no escuchan, la sangre está en su propia cabeza. Dice en Ezequiel 3 que nuestra *'conciencia está limpia'.*"

"En este estado, las Piedras Guía de Georgia pedían la despoblación de la Tierra hasta llegar a medio billón de personas. ¡Ahora las hacen explotar! Desaparecieron misteriosamente, como si nunca hubieran existido."

Tenemos que estar preparados. Los "pretribulacionistas" dicen que no tendrán que pasar por la Tribulación. Pero Jesús dice en Mateo 24 que viene en la "Última Trompeta". En Juan 6, Jesús dice cuatro veces que levantará a TODOS los que el Padre le ha dado, ¡en el ÚLTIMO día! Dice: "El que persevere hasta el fin será salvo".

Quizás sea la plaga que mata a un tercio de la población de la tierra. Está profetizado en el Apocalipsis. ¿Escuchaste que nuestro gobierno compró más de 7,000 guillotinas? La Biblia dice: "El que pierde su vida por causa de Jesús la encontrará y recibirá la recompensa del martirio". Dios es misericordioso. No quiere que nadie perezca, sino que todos se arrepientan.

¡Quizás estamos en la tribulación ahora! Las cosas no son siempre como las interpretan las personas. ¡Muchas veces no lo son! Todos estamos buscando que se construya el tercer templo en Jerusalén en el Monte Moriah.

¡PERO NOSOTROS SOMOS EL TEMPLO HECHO SIN MANOS!

Podría muy bien ser la "Abominación de la Desolación", de la que habló el profeta Daniel, ¡porque "somos el templo del Espíritu Santo!" La generación que ve estas cosas, empezando por la abominación de la desolación, seguramente no pasará hasta que se cumpla la reunión de su pueblo de los cuatro rincones de la tierra. Está sucediendo rápidamente. Si es la abominación, acabamos de presenciar la GRAN APOSTASÍA. ¡CON CERTEZA! ¡EL TIEMPO ESTÁ CERCA!

"¿Y si la tribulación de siete años comenzó con las payasadas del Covid y los acuerdos de paz de Abraham? El mundo entero nunca ha visto nada como esto. Cuando digan: 'Paz y seguridad', entonces vendrá la destrucción repentina."

¡Las leyes noájidas y el Jinete Rojo del Apocalipsis están por llegar pronto! ¡Los Centros para el Control y Prevención de Enfermedades se burlan de ti con un Apocalipsis Zombi! Está en su sitio web. Varios autos pasaron a toda velocidad, tocando sus bocinas.

"Dios quería que la gente se arrepintiera antes del diluvio de Noé. Muchos conocían a Dios, pero se negaron a subir al Arca. Murieron. ¿Por qué están muriendo las personas supuestamente justas? ¡EL FIN ESTÁ CERCA!"

"Tantos cristianos creen que no es posible que la vacuna sea la Marca de la Bestia. Dicen que SABREMOS que lo es antes de recibirla. ¿De verdad? ¿Es Satanás obvio o astuto? **¿Cuánto tiempo les tomó a Adán y Eva pecar en el jardín? ¿Cuánto tiempo se tarda en comer fruta prohibida? ¡Aproximadamente el mismo tiempo que se tarda en arremangarse!**"

El hombre alto tomó una respiración profunda, caminando de un lado a otro en la acera de los CDC, "Es como las diez vírgenes en la Biblia..."

Al instante, una joven negra y menuda tocó su hombro. El predicador se dio la vuelta, casi derribándola con su cartel. "Conozco a Yeshúa", dijo ella. "Murió por mis pecados en la cruz y venció la muerte".

"¡Aleluya!" respondió el predicador.

Señalando el gran letrero del CDC que estaba al frente de los edificios, ella exclamó: "Me despidieron hace dos años. Me negué a ponerme sus vacunas".

"Usan células fetales abortadas. Sabía que era del diablo"

Sus labios comenzaron a temblar: "Mencionaste las vírgenes en la Biblia. Esa soy yo. No quiero que mis hijos estén contaminados."

"¡Alabado sea Dios!" El predicador sonrió por primera vez ese día. "Entonces asegúrate de casarte con un hombre sin marca."

"¡Lo haré!" levantó la vista y corrió rápidamente para abordar un autobús. Agitando la mano en señal de despedida, gritó: "¡Dios te bendiga! ¡Dios te bendiga, hombre predicador!"

Él reanudó su búsqueda con firmeza: "Una cosa más. No se dejen engañar por los demonios. Los verdaderos estudiosos de la Biblia ven la actividad OVNI como demoníaca. Los demonios se han estado disfrazando de extraterrestres desde el principio. Dirán que los alienígenas están invadiendo, pero en realidad son ángeles caídos demoníacos. Las agencias espaciales son falsas. ¡No estamos en una esfera redonda de polvo en medio de la nada!"

"El siguiente paso del sistema de la bestia es el dinero digital y los parches de microagujas. Sin la **'picadura o pinchazo' o la nano-ID, no se podrá comprar ni vender**. La gente se preocupa por el trabajo, la falla de los bancos o el CERN. ¡Más importante es temer a Dios! Preocúpate por ser sellado por Dios. O perteneces a Dios o al diablo."

Mientras se formaban nubes oscuras en el cielo, suplicó: "¡Si has sido engañado, implora la sangre de Jesús para salvarte! ¡Viene pronto en nubes de gloria!" Alzando su gastado cartel de nuevo, giró para enfrentar las altas ventanas del edificio de los CDC.

Varios trabajadores adentro miraron hacia abajo la escena en la calle de abajo. Lentamente, su mano se levantó hacia el edificio, mientras recitaba una escritura final: *"No os engañéis; Dios no puede ser burlado. Todo lo que el hombre siembre, eso también cosechará".*

Dándose vuelta para irse, se llenó de una última palabra de sabio consejo: "**¡Arrepentíos!** ¡Porque el hacha está en la raíz del árbol!"

Dedicación

Este libro está dedicado a Jesucristo; escrito en cuarenta días. Escuché: "Registra los tiempos y las estaciones cuando la semilla del hombre se corrompió". Esta historia, con sus muchos paralelos con nuestras propias vidas, también está dedicada a mi esposa devota, que confía en el Señor con todo su corazón. Ella está bien familiarizada con la perseverancia...

Aviso de Descargo de Responsabilidad con Sinceridad:

Nuestro recurso más grande de todos es el Gran Médico de Todos - nuestro Dios y Creador. Que esto te anime a confiar primero en el Señor para la sanidad, el sustento y la protección. Somos llamados a asumir la responsabilidad de nuestro Templo de Dios, manteniéndonos íntegros en la forma en que fue diseñado. Girando únicamente hacia Dios y Su Palabra para discernimiento. ¿Dónde encontramos todas las respuestas? Todas se encuentran en Su Santa Palabra.

"Para presentársela a sí mismo como una iglesia gloriosa, sin mancha ni arruga ni nada semejante, sino santa e intachable." Efesios 5:27, KJV

Reconocimientos:

Con profundo amor y gratitud por la edición y la aportación sagrada, por mi increíble esposa, Elizabeth Soldahl. Agradezco mucho a tantas personas que directa o indirectamente me inspiraron a escribir esta novela: Los 'Vigilantes del Muro'. Padres, hijos, hijas, familia, amigos y ministros fieles.

www.Faithonfire.net[1]

---

1. http://www.Faithonfire.net

Lo Que Los Lectores Dicen:

¡Impactante! El libro más convincente sobre lo que le espera a una humanidad complaciente. Mejor leído de una sola sentada.

"Después de leer este libro ya no podrás decir, 'nunca supe...'"

"¡Una descarga llena del Espíritu Santo! Lee, llora y ora por la humanidad."

"Para todos aquellos que niegan las conspiraciones de Covid, esto es un cambio de juego."

"Las vacunas nunca serán vistas de la misma manera. La novela es imprescindible para cualquiera que considere 'La Marca'. Llena de fe y hechos. (El diablo está en los detalles...)"

"LA LECTURA REMANENTE #1"